마주하며 길을 찾아온
40년의 기억들

마주하며 길을 찾아온

40년의 기억들

정의롭고 가치있는

삶에 대한 소고

김문식

경남 창녕에서 태어나 부산 영도에서 유년기를 보냈다. 쌍용 정유㈜에서 사회 첫발을 내디뎠고, 연고도 없던 안성에서 주유소 사업을 시작하여 한국주유소협회 회장을 역임하고, 법제처 중소기업법제관, 한국소방안전원 비상임이사, 한·몽골 경제학회 회장 등을 역임했다. 현재는 한국주유소운영업협동조합 이사장으로 활동하며, (공공)안성맞춤 스포츠클럽 회장, 예일국제대학(대안학교)대학원 특임교수(경영학 박사), 중소기업중앙회 최저임금특별위원회 위원장, 최저임금위원회 위원, 한국공정거래조정원 대리점분쟁조정위원 등으로 활동 중이다.

정운찬

동반성장연구소 이사장, 전 대한민국 국무총리

김문식 이사장의 성실, 근면, 정직과 겸손을 있는 그대로 보여주는 이 책은 그의 일생일대기이다. 쌍용정유 직원으로 시작하여 주유소 경영 그리고 주유소 협동조합 이사장까지로 연결된 그의 40년의 인생 경로는 한국 사회에 대한 깊은 성찰과 고뇌의 흔적을 정갈하게 보여준다. 더 따뜻한 세상을 열어가려는 지혜로운 통찰은 우리 모두가 본받아야 한다. 김문식 이사장의 진정성의 진정성이 빛나는 책이다.

김기문

중소기업중앙회장

국내 1만여 개 이상인 주유소 업계의 리더 김문식 이사장!

중소기업과 소상공인을 위해 일한 40년 경험과 지혜, 더 나은 사회를 만들기 위한 비전이 담긴 이야기.

주형환

전 산업통상자원부 장관

　김문식 한국주유소운영업협동조합 이사장님과는 기획재정부 차관보 시절부터 평소 가깝게 지내면서, 주유소 업계는 물론 중소기업과 자영업이 당면한 다양한 문제에 대해 허심탄회하게 토론해 왔다.

　그런 김 회장님이 책을 쓰셨다고 해서 깊은 관심을 갖고 읽어보았다. 아닌 게 아니라 김 회장님이 직장 생활을 처음 시작한 쌍용정유(지금의 에쓰오일 전신) 시절부터 실제로 중소기업을 경영하면서 한국주유소운영업협동조합 이사장, 소상공인 연합회 부회장, 중소기업중앙회 이사로 지난 40여 년간 기업과 정책 현장에서 당사자 또는 업계 대표로서 생생하게 경험한 최저임금 결정,

규제 완화, 중소기업과 대기업 간 상생, 정부의 친환경 정책에 대한 문제점에 대해 날카롭게 분석하면서도 균형적이고 실용적인 대안을 이 책은 제시하고 있다.

또, 우리 사회가 잃어 가고 있는 공정성과 신뢰 회복, 급속도로 진행되는 저출산 고령화와 갈수록 심화하는 지역 격차 해소 문제에 대해서도 저자 나름의 생생한 경험과 날카롭고 따뜻한 시선과 통찰을 토대로 실천적인 방안을 담고 있다. 아울러 김 회장님의 인생과 기업과 중소기업 대표로서의 역정이 진솔하게 담겨 있어 읽는 재미도 쏠쏠하다. 기업 경영과 정책에 관심 있거나 우리 사회의 얼마 안 되는 올바른 길을 걸어온 진정한 중소기업인의 고단하면서 보람 있는 삶과 그가 살면서 깊이 고민해 온 생각과 제언에 관심 있는 모든 분께 강하게 일독을 권한다.

정의롭고 가치 있는 삶에 대한 소고

정의란 무엇일까?

    정의는 인간 사회에서 중요하게 여겨지는 개념 중 하나로, 우리가 세상을 이해하고 지내는 데 필수적인 도구이다. 정의란 한마디로 설명하자면, 어떤 대상이나 개념에 대해 명확하고 공정한 기준을 바탕으로 그 진정한 의미나 본질을 정확히 규정하는 것이다. 하지만, 정의의 복잡성은 그 자체로 정의될 수 없다. 오히려 인간의 이해와 감정, 문화, 역사 등 다양한 영향 요소로부터 파생되는 추상적인 개념이다.

우리는 매일매일 다양한 상황에서 정의에 대해 고민하며 이를 적용하고자 노력한다. 법과 윤리적인 가치는 사회적 정의를 구축하는 데 도움이 되고, 그것들은 정의를 실천하는 도구로 사용된다. 정의의 중요성은 인간관계, 사회적 평등, 개인의 권리와 자유, 범죄 처벌, 재분배 등 다양한 분야에서 드러난다.

그러나 정의를 규정하는 것은 어렵다. 인간은 각자의 가치관과 선호도에 따라 정의를 해석하고 적용하기 때문이다. 문화, 지역, 종교, 경험 등 모든 영향 요소가 정의에 영향을 미치며, 때로는 서로 충돌하는 경우도 있다. 그렇기에 정의는 절대적인 것이 아닌 상대적인 개념이다. 그러나 이러한 상대성이 무엇보다도 중요한 것은 바로 공정성과 현실성을 함께 고려하여 논의하는 것이다.

정의에 대한 이해와 실천은 인간의 진보와 발전에 빠질 수 없는 중요한 요소이다. 우리는 이를 통해 더욱 공정하고 평등한 세상을 건설해 나가야 한다. 또한, 다양한 관점과 의견을 존중하며 협력과 이해를 바탕으로 함께 사는 지혜를 길러야 한다. 이러한 노력을 통해 우리는 정의를 실천하는 진정한 인간으로 성장할 수 있을 것이다.

정의의 본질을 탐구하고 이를 현실에 적용하는 것은 우리 모두의 과제이다. 어려움과 갈등을 극복하며 인간적인 가치를 존중하는 세상을 만들기 위해 우리는 지금 당장 행동해야 한다. 정의가 있는 곳, 인간의 더 나은 미래가 시작된다.

가치 있는 삶이란 무엇일까?

삶은 인간에게 주어진 가장 귀중한 선물이다. 그러나 그 가치를 어떻게 인식하고, 어떻게 살아가는가에 따라 그 의미가 달라진다. 가치 있는 삶이란 단순히 살아있는 것이 아니라, 삶의 의미와 목적을 깨닫고 자신과 주변을 발전시키며, 타인과 공유하며 성장하는 삶을 말한다.

우리가 가치 있는 삶을 위해 갖춰야 할 가장 기본적인 요소는 자기 인식과 자기 가치의 발견이다. 자기를 깨닫고 인정하는 것은 자신의 강점과 약점을 이해하는 출발점이다. 그리고 이러한 인식을 바탕으로 더 큰 목표와 꿈을 향해 나아갈 수 있다. 자기 인식이 없다면, 우리는 자신을 잃고 방황하게 될 수 있다.

 가치 있는 삶은 단순한 개인적인 욕망을 초월하여 사회와 공동체에 기여하는 데서도 발견된다. 우리는 타인과 연결되어 살아가는 사회적 동물이다. 따라서 우리의 행동과 선택은 우리 주변에 영향을 미친다. 그러므로 타인과의 관계를 존중하고 협력하는 데 주의를 기울여야 한다. 사회적으로 봉사하고 도움을 주는 것은 우리가 속한 공동체를 더 발전시키고 더욱 의미 있게 만드는 방법이다.

 또한 가치 있는 삶은 지속적인 성장과 배움을 추구하는 데서도 나타난다. 우리는 삶 동안 계속해서 새로운 경험을 하고 배움으로써 내면의 풍요로움을 더할 수 있다. 새로운 관심사를 발견하고 자기계발을 위해 노력하는 것은 삶의 지루함을 극복하고 풍요로운 경험을 만들어 낸다.

　가치 있는 삶은 때로는 어려운 결정을 내려야 할 수도 있다. 하지만 우리의 가치관과 원칙을 기준으로 하여 옳은 선택을 하고자 노력해야 한다. 편안하고 안전한 선택만을 피하는 용기와 결단력이 필요하다. 우리가 내린 결정은 우리 삶의 방향을 결정짓기 때문에 중요한 순간이다.

　마지막으로, 가치 있는 삶은 감사와 긍정의 태도를 품고 살아가는 것이다. 우리는 항상 더 많은 것을 바라고 미치지 못한 것에 집중하는 경향이 있다. 하지만 우리가 이미 가진 것들에 감사하고, 긍정적인 마음가짐을 갖는다면 더 행복하고 만족한 삶을 살아갈 수 있다.

　가치 있는 삶은 그 자체로 아름답고 의미 있는 존재이다. 우리는 끊임없이 발전하고 성장하며, 자신과 타인을 사랑하며, 주어진 삶을 온전히 살아가는 것이 중요하다. 우리는 우리 자신의 삶을 책임지고, 우리의 의지와 선택에 따라 그 가치를 높여나갈 수 있다. 가치 있는 삶을 찾아가는 여정은 언제나 무한한 가능성과 희망을 안고 있다.

정의로운 삶이란 무엇일까?

세상은 때로는 불공평하고 불균형적인 모습을 보여준다. 부와 빈곤, 권력과 약자, 인종과 성별 등에서 오는 불평등이 눈에 띄는데, 이러한 불의에 맞서 공정하고 정의로운 삶을 살아가는 것은 큰 도전이다. 하지만 정의로운 삶을 추구하는 것은 우리 인간의 본성에 맞춘 일이다. 정의로운 삶은 누구나 사회적으로 더 큰 영향을 끼치고, 세상을 조금 더 밝게 만들어나가는 데에 의미가 있다.

정의로운 삶은 우리가 불공평함과 차별을 보인다면 그것을 인정하고 개선하려는 의지를 갖는 것으로 시작된다. 무시무시한 사회적 문제들은 우리가 무시할 수 없는 현실이다. 우리는 이러한 문제들을 무시하거나 방치하지 않고, 용기를 갖고 직면해야 한다. 개인적으로도 더 이해심 있는 태도를 취하고, 사회적으로도 공정한 제도와 정책을 추구하는 것이 중요하다.

정의로운 삶은 우리가 타인과 공감하고 협력하는 것을 강조한다. 우리는 다른 사람들과 함께 살아가며 상호의존적인 존재이다. 서로를 이해하고 배려하는 마음으로 타인의 고통과 어려움을 공감할 수 있어야 한다. 더불어 우리는 소수자의 권리를 보호하고, 다양성을 존중하며, 모든 사람이 기회를 누리고 성장할 수 있도록 지원해야 한다.

정의로운 삶은 우리가 자기 관리와 균형을 추구하는 것을 의미한다. 자기 자신을 이해하고 존중하는 것은 정의로운 삶의 출발점이다. 자신을 돌보며 건강하고 안정적인 삶을 살아가면서, 주변 사람들에게도 영향을 미치는 긍정적인 모델이 될 수 있다. 또한 일과 여가, 가족과 친구, 자기계발과 휴식 등을 균형 있게 조절하며 행복한 삶을 창조할 수 있다.

정의로운 삶은 영원한 목표가 아니라 끊임없는 노력과 실천을 필요로 한다. 우리는 완벽하지 않으며, 항상 발전하고 성장해야 한다. 그러나 우리의 노력과 열정은 정의로운 세상을 만들어나 가는 힘이 된다. 한 걸음 한 걸음 정의로 가득한 삶을 향해 나아 가면서, 작은 변화들이 큰 변화로 이어지리라는 믿음을 가지고 일상을 살아가는 것이 중요하다.

정의로운 삶은 우리가 모두를 포용하고 사랑하는 세상을 만들 어갈 수 있는 가능성을 보여준다. 어떠한 어려움이 있더라도 우 리는 항상 더 나은 세상을 향해 나아갈 수 있다. 정의로운 삶을 살아가면서 우리는 소중한 가치와 의미를 발견하며, 더 나은 세상을 위한 동력이 되는 것이다. 그렇게 함께 노력하는 우리의 모습이 바로 더 공평하고 정의로운 세상을 이끌어 나가는 길이다.

차 례

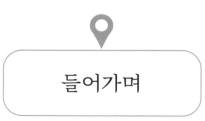

들어가며

여느 날과 다를 것 없는, 매일 거의 똑같은, 그러면서도 지극히 평범한 하루가 시작된다. 아침에 일어나 일터인 주유소에 나갈 준비를 하고, 아내는 맞벌이하는 큰 딸아이의 어린 손주들을 유치원에 보내기 위해 바쁘다. 아침부터 전쟁터가 따로 없다.

주유소에 출근하는 길에는 경쟁 주유소인 알뜰주유소가 있다. 아직 문을 열기 전 시간이지만 벌써 기름을 넣으려는 차들이 줄지어 서 있다. 사실 경쟁 주유소라고 하기에도 민망할 정도로 경쟁이란 게 되지 않는다.

주유소에 출근해 기계들을 깨우고 오늘의 재고를 확인해 보니 오늘은 정유사에 기름을 주문해야 한다. 대기업인 정유사와는 물과 기름 같은 사이가 된 지 오래다. 리터당 단가 5원, 10원으로 언성을 높이기도 하지만, 주유소는 늘 을이 될 수밖에 없다.

운영 중인 주유소 전경.
주유소는 삶의 절반 이상의 시간을 보낸 삶의 터전이다.

조그만 주유소를 하면서도 챙겨야 할 것들은 참 여러 가지가 있다. 대기, 토양, 지하수 같은 환경문제뿐만 아니라, 안전 점검도 수시로 해야 한다. 이쯤 되면 애국자가 아닐까.

이런저런 일들을 하며 주유소 문을 열 준비를 하고 있으면, 직원들이 출근한다. 열심히 하는 직원들이지만, 최근 주유소 운영 여건이 나빠져 서 있는 시간보다 앉아 있는 시간이 더 많아졌다. 매년 오르는 최저임금에 걱정이지만, 함께 오래 일해 왔던 직원을 해고하기도 쉽지는 않은 일이다.

주유소를 찾아오는 손님들은 비싼 기름값에 주유소에 불만을 토로한다. 주유소는 소매업일 뿐인데. 비싼 기름값에 송구하지만, 정작 기름값이 올랐다고 주유소가 돈을 더 버는 건 아니라는 설명을 한참 드려야 한다.

종종 전기차를 타고 오셔서 충전이 가능한지 문의하는 손님들도 계신다. 아직 충전기를 설치하지 않아 정중히 불가하다고 말씀드린다. 급속충전기를 설치하기에는 충전으로 발생하는 수익이 너무 적어 엄두를 내지 못하고 있다. 성남에서 운영하는 주유소에는 일부 정부 지원으로 충전기를 설치했지만, 찾는 손님이 없어 무용지물이 된 지 오래다.

영업을 마치면 하루 매출을 정리하고 입고량 판매량 등 정부에 보고할 자료를 정리한다. 주유소는 판매량, 판매가격을 모두 정부에 보고하도록 하는 규제가 있다. 영업에 방해가 될 정도로 힘든 규제는 아니지만 대부분 규제가 그렇듯 매우 번거롭고, 성가신 일이다.

올해는 쌍용정유라는 기름회사에서부터 관련 업계에 몸담은 지 꼭 40년이 되는 해이다. 사실 3, 4년 전부터 그동안 좌충우돌 쌓아온 경험들이 이대로 묻히지 않고 다른 사람들에게 나누어 주면 좋지 않을까 하는 고민을 해 왔다. 지극히 평범한 주유소의 일상에서 우리가 대한민국이라는 국가에 살면서 겪게 되는 일상과 우리가 직면한 여러 사회적 갈등과 사회문제들이 압축되어 있다는 생각이 차오른다.

운이 좋게도 중소기업과 소상공인에 관련한 여러 가지 정책을 맡으면서, 주유소만의 문제가 아닌 중소상공인, 중소기업 전체의 문제들을 해결할 수 있는 방안에 대한 고민과 더불어, 어지러운 우리 대한민국의 현 상황에 대한 우려가 내 주변에서 일어나는 소소한 문제들을 해결해 왔다.

주제넘은 생각일지라도, 지금껏 경험해 왔고 헤쳐 나왔던 일상의 경험들이 우리 사회 문제 해결의 단초가 될 수도 있겠다는 근거 없는 자신감에, 조금이나마 우리 사회에 보탬이 되고자 하는 마음에, 평범한 일상의 도중에 이렇게 펜을 들어 본다.

공정성 회복

■ ■ ■

　민주화 이후 보수와 진보에서 고르게 대통령이 선출되었지만, 아이러니하게도 대통령들의 취임사는 취임사만 놓고 보면 보수인지 진보인지 알 수 없을 정도로 사실 비슷한 내용이다. 대통령이라는 자리가 국민 통합이라는 대명제를 수행하는 자리이기 때문이기도 하겠지만, 정치적 이념과는 무관하게 우리 사회가 공통으로 추구해야 하는 가치가 존재하기 때문이라고 할 수 있다. 그래서 거의 모든 대통령 취임사에 들어가는 단골, 특히 '공정'이라는 가치는 민주주의 시대 우리 사회를 지탱하는 중요한 공통 이념에 해당한다고 할 수 있을 것이다.

　전·현직 두 대통령의 취임사에서 다루고 있는 공정은, 어떨까? 문재인 전 대통령은 취임사에서 "거듭 말씀드립니다. 문재인과 더불어민주당 정부에서 기회는 평등할 것입니다. 과정은 공정할 것입니다. 결과는 정의로울 것입니다. (중략) 공정한 대통령이 되겠습니다. 특권과 반칙이 없는 세상을 만들겠습니다. 상식대로 해야 이득을 보는 세상을 만들겠습니다."라고 선언했다.

공정과 상식을 선거 캐치프레이즈로 내걸었던 윤석열 대통령 또한 "저는 자유, 인권, 공정, 연대의 가치를 기반으로 국민이 진정한 주인인 나라, 국제사회에서 책임을 다하고 존경받는 나라를 위대한 국민 여러분과 함께 반드시 만들어 나가겠습니다."라고 선언하며 공정을 강조했다.

지난 몇 해 동안, 최근까지도 우리 사회를 반으로 갈라놓은 일대 사건이 있었다. 너무 많은 매체나 출판물, 미디어에서 다루어 이미 진부한 주제가 되었을지도 모르지만, 모두가 다 아는 바와 같이 '조국 전 법무부 장관 자녀 입시 비리' 문제이다.

진영의 논리로 어느 누가 잘했다 잘못했다를 따지려고 다루는 주제는 아니다. 이 사태에서 우리가 주목해야 하는 부분은 바로 '공정'이라는 가치에 대한 우리 일반 국민들의 정서일 것이다.

민주주의, 시장경제 체제에서 경쟁은 필연이고, 절차의 공정성은 이러한 경쟁의 결과에 정당성을 부여하는 필수 조건이다. 그 어떤 시대, 그 어떤 나라보다도 과도한 경쟁에 놓여있는 우리 사회는 그래서 공정이라는 가치에 더욱 민감할 수밖에 없다.

주유소는 1995년 주유소 간 거리 제한 철폐와 가격 자유화로

알뜰주유소 전경. 2012년 이명박 당시 대통령의 "기름값이 묘하다."
발언 이후 정부의 유가 정책으로 탄생한 주유소로,
현재까지 정부의 중요 유가 정책 수단으로 활용되지만, 주유소 업계 내에서는
불공정한 경쟁으로 주유소 폐업을 가속하는 주범으로 인식되고 있다.

주유소 수가 급격히 늘어나면서, 2011년에 주유소 수 13,000여 개로 역대 최고점을 찍었다. 이 시기 즈음인 2008년 전 세계적인 금융위기 여파로 고유가 시대가 도래하면서, 정부는 유가 안정 대책으로 주유소 간의 경쟁을 통해 가격을 내리는 정책을 추진하기 시작했다.

주유소마다 판매가격을 매일 보고해서 온라인으로 실시간 공개하고, 이마트나 롯데마트 같은 대형 마트에 주유소를 만들도록 장려했다. 이에 그치지 않고, 이명박 대통령의 "기름값이 묘하다."라는 한마디에 당시 정부는 시장에 직접 개입하여 알뜰주유소를 만들어 내기에 이른다.

알뜰주유소는 정부의 각종 세제 혜택과 한국석유공사라는 공공기관을 통한 대규모 공동구매의 혜택으로 일반 주유소들이 도저히 경쟁할 수 없는 가격으로 판매하며 승승장구하고 있다. 지난 2021년 기준 전체 주유소의 11%에 불과한 알뜰주유소는 전체 주유소 판매량의 21%를 차지하고, 일반 주유소가 매년 200여 개씩 폐업하는 와중에 매년 숫자가 늘어나고 있다. 결론적으로 말하자면, 알뜰주유소는 우리 사회 '불공정 경쟁'의 전형이다.

알뜰주유소 반대 대정부 집회 모습. 불공정한 정부의 정책에 항의하기 위한 수단으로 대규모 집회를 개최하였으나, 정부에서는 전혀 들어주지 않았다.

알뜰주유소가 출범한 이듬해인 2012년 사단법인 한국주유소협회의 회장으로 취임하자마자 즉시 '불공정'에 저항했다. 헌법소원부터 공정거래위원회 제소, 국회와 정부 청사 항의 집회, 신문 지면 광고 등 주유소협회 회장으로서 가진 모든 역량을 동원하여 '불공정'을 하소연하였으나 공허한 외침에 불과했다. 애초에 정부라는 거대 권력과는 싸움이 되지 않았음을 알았지만 해야만 했다.

소위, '조국 사태'와 '알뜰주유소 사태'를 연결하는 키워드는 짐작하다시피 바로 '공정한가?'이다. 두 사건 모두 그 결과는(보는 시각에 따라 다르겠지만) 훌륭하다.

"조국 전 장관의 자녀가 어찌 되었든 의사가 되어서 어려운 사람을 위해 재능을 나누면 좋은 거 아닌가?"

"알뜰주유소가 결국 국민한테 싸게 기름을 파는데 뭐가 문제야?"

이런 생각을 하는 사람도 당연히 있을 것이다. 그렇지만, 과정이 공정하지 못한데 그 결과가 과연 정당성을 가질 수 있을까? 반대로 생각해 보면 우리가 대기업 재벌가 자녀들, 예를 들어 이재용 삼성전자 부회장 자녀들이 좋은 학교에 다니고, 좋은 옷을 입는 것을 보면 부러움의 대상은 될지언정 비난의 대상이 되지 않는 것은 왜일까?

공정의 가치를 이야기하고, 우리 사회의 무너진 공정성을 회복하는 데 필요한 핵심이 여기에 있다. 우리는 날 때부터 모두 출발점이 다를 수밖에 없다. 가지고 있는 자원의 총량이 다르다는 의미이다. 선천적인 신체적, 지적 능력이 모두 다르고 부모 또는 조부모의 경제적 능력이 다 다르다.

흙수저, 금수저로 부르며 위안을 하면서도 이러한 차이를 부정하는 사람은 없을 것이다. 문제는 서로 가진 것이 다른 자원을 투입한다는 데 있는 것이 아니라, 더 많이 가졌다는 이유로 혹은 권력이 있다는 이유로 남들은 받을 수 없는 혜택, 즉 '특혜'를 받는 것에 있다.

서로 다른 자원을 자신의 능력을 개발하는 데 투입하고 그렇게 만들어진 능력으로 절차적 공정성이 보장되는 장에서 경쟁하게 한다면 그 결과가 어떻든 공정한 결과로 받아들일 수 있다. 알뜰주유소는 정부나 공공기관이 알뜰주유소가 소비자들에게 싼 가격에 기름을 공급할 수 있는 능력을 키워준 것이 아니라 그들이 가진 권력을 이용해 알뜰주유소에 그냥 싼 기름을 줘버렸다는 점에서 특혜를 받은 불공정한 정책이다.

알뜰주유소 특혜 중단을 호소하는 신문 광고. 모든 국민이 혜택을 받을 수 있는
유류세 인하와 같은 정책은 포기하고, 효과 없는 알뜰주유소 정책만 고집하는
정부 정책 실패에 대해 국민에게 실상을 알리기 위함이었다.

조국 전 장관 역시 본인과 아내가 가진 교수라는 사회적 지위를 자녀의 능력을 키워주는 데 사용한 것이 아니라, 가짜 표창장 등 입시에 유리한 특혜를 주었다는 점에서 공정의 가치를 훼손한 것으로 비난받는 것이다.

사회에서 불공정한 특혜를 없애는 것은 복잡하고 어려운 과정이지만, 몇 가지 방법을 시도할 수 있을 것이다. 우선 투명성과 개방성을 강화해야 한다. 투명성과 개방성을 강화하여 의사 결정 과정과 정책 수립에 참여할 기회를 제공한다. 공공기관과 기업은 정보의 공개와 공공 투명성을 유지하고, 정책 변경 및 의사 결정에 시민들을 참여시킬 수 있는 여건을 마련해야 한다.

제도 개혁도 필요하다. 부패와 특혜를 방지하기 위해 규제 제도를 개혁하는 것이 중요하다. 공정한 경쟁을 유지하기 위해 법적 규제와 제도를 강화하고, 권력의 집중과 부당한 경제 특권을 방지하는 법률 및 규제개혁을 추진해야 한다.

아울러, 독립적인 규제 기관을 강화해야 한다. 독립적인 규제 기관을 강화하여 특혜와 부패에 대한 감시 및 조사를 수행할 수 있는 체제를 구축해야 한다. 이러한 기관은 정부와 경제활동에 참여하는 다른 당사자들에 대해 독립적으로 조사하고 제재할 수 있는 권한을 갖도록 지원되어야 한다.

하지만 무엇보다도 교육과 인식 제고가 가장 중요하다. 사회 구성원들에게 불공정한 특혜의 문제와 그 영향에 대해 교육하고 인식을 높이는 것이 중요하다. 인식과 교육을 통해 부패와 특혜를 식별하고 이를 신고할 수 있는 적극적인 시민들을 육성할 수 있을 것이다. 또한, 공공 관리의 투명성 강화하여 정부와 공공기관의 자금 사용, 계약 절차, 인사 정책 등을 투명하게 관리해야 한다.

공공 자금의 투명성은 예산 배정과 사용, 입찰 절차 등에 대한 정보를 공개함으로써 특혜와 불공정한 혜택을 방지하는 데 도움이 될 수 있다. 추가적으로 시민들의 참여를 촉진하여 불공정한 특혜에 대한 감시와 신고 체계를 구축해야 한다. 시민 기반의 청렴 운동과 비영리 단체를 지원하고, 시민들이 정치에 참여하고 공공의 이익을 위해 노력할 기회를 제공해야 한다.

이러한 방법들은 불공정한 특혜를 없애기 위한 일부 전략에 대한 예시일 뿐이다. 각 국가나 사회의 상황에 따라 적용할 수 있는 방법이 다를 수 있으며, 지속적인 노력과 협력이 필요할 것이다.

2020 도쿄올림픽에서 상당수 선수·팀은 '㈜메달' 획득에 실

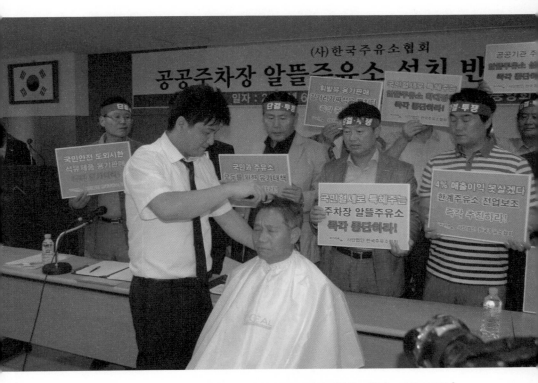

알뜰주유소 정책 항의 삭발식. 불공정에 대항하는 힘없는 주유소들이
할 수 있는 것은 자기 몸에 상처를 내어 한 번만 봐 달라고 호소하는 것뿐이었다.

패했다. 선수마다 갈고닦은 실력을 선보였지만, 결과는 '스포츠는 각본 없는 드라마'라는 명언대로 천양지차였다.

예상대로 금메달을 따낸 선수부터, 유력한 메달 후보로 손꼽혔지만, 메달권에 진입조차 하지 못한 결과도 나왔다. 한국 올림픽 기록을 깨고 새로운 역사를 썼지만, 메달을 목에 걸지 못한 선수도 등장했다. 하지만 올림픽에 참가한 선수와 경기를 관전한 국민은 메달의 색깔이나 순위와 관계없이 커다란 감동과 희열을 맛봤다.

노메달이지만 선수는 물론 국민 모두의 얼굴에는 환한 웃음꽃이 피었고, 과거와 같이 원색적인 비난과 비판 대신 국제무대에 도전했다는 사실만으로도 선수들은 열렬한 응원을 받았다. 금보다 값진 페어플레이, 준법, 투혼, 팀워크, 상대 선수에 대한 존중과 배려는 MZ세대인 선수와 경기를 관전하는 국민을 관통하는 키워드인 '공정'이 있었기에 가능했다.

19세기에 활동했던 독일 철학자 니체는 "공정하다는 것은, 무엇과도 누구와도 일정한 거리를 두고 그것을 유지해 나가는 것이다. 친한 지인과도 꺼리는 사람과도, 사랑했던 사람과도, 나아가서는 자기 자신과도, 그렇기에 공정한 이의 모습은 고독해 보이는지도 모른다."라고 말했다.

우리는 공정이라는 가치를 늘 추구해야 하고 공정해져야 하지만, 사실 사람으로서 공정하기란 매우 어려운 일일 수 있다. 혹자는 "내 자식과 남의 자식이 물에 빠졌을 때 내 자식을 먼저 구했다고 하여 공정하지 않다고 비난할 수 있겠느냐?"며 반문할 수도 있을 것이다.

그렇기에 공정함을 주장해야 하는, 공정함을 관리해야 하는 공직자 등 사회 지도층은 더욱더 때로는 무정해야 하고, 자신과 주변에 대해서는 냉혹해지기까지 해야 하는 것이 아닐까?

대한민국 사회에서 가장 공정성에 민감한 대학 입시와 더불어 동정함의 기치를 바로 세워야 할 부분은 채용과 인사다. 사실 우리 사회에 채용 비리 사례는 일일이 열거할 수 없을 정도이고, 고위직 인사에 있어서도 '코드인사'니, '보은인사'니 하는 말이 공공연하게 돌 정도로 공정성에 대한 의구심은 항상 있어 왔다.

주유소협회장에 있을 때나, 현 조합 이사장으로 있으면서도 항상 집행부 임원 인사에 대한 불만과 공정성에 대한 의심이 없었던 것은 아니다. 특히, 주유소협회 수석부회장에 평소 가깝게 지내고, 다방면에서 물심양면 도와주던 윤장원 강원도회장을 임명함으로 인해 많은 오해를 받기도 했다.

사실 살아오면서 친우 관계를 비롯한 대인관계에 있어 가장 중요시했던 가치는 신의와 의리였고, 그런 측면에서 오히려 너무 주변을 잘 챙긴다(?)는 지적 아닌 지적을 받기도 했다. 그렇다면, 주유소협회장 재임 중 행했던 수석부회장 인사는 공정하지 않은 인사였을까?

앞서 밝힌 바와 같이 공정성 유무를 판단하는 데 있어 중요한 것은 특혜 여부이다. 그리고, 특혜이냐 아니냐를 가늠할 수 있는 것은 구성원 모두가 공감할 수 있는 '절차적 공정성이 확보된 경쟁'과 같은 원칙이 있는가, 행위가 그 원칙을 벗어났는가다.

공정성에 대한 검증이 쉽지 않은 인사에 있어서는 리더나 지도부에서 인사의 원칙(가령, 비록 잘 지켜지지는 않은 것으로 평가되지만 문재인 정부의 7대 인사 원칙 등)을 가지고 있는지, 그런 인사 원칙을 지켰는지가 공정성 검증에 핵심이 될 수밖에 없다.

그리고 인사에 있어서 가장 중요한 원칙은 그 자리에서 역할을 잘 수행할 수 있는 '능력'일 것이다. 능력이 없는 인물, 역할에 맞지 않는 인물을 인사권자 개인의 친분이나 의리와 같은 사적 감정을 앞세워 자리에 앉혀 놓았다면, 그것은 특혜이고 곧 불공정한 인사이다.

주유소협회 수석부회장은 유사시 회장을 대신하고 업계 경험을 두루 갖춘 덕망 있는 인물이 맡아야 하는 자리고, 요건과 능력을 갖춘 인사가 임명된 것은 그러한 측면에서 원칙이 지켜진 공정한 인사라고 자평한다. 오히려, 인사권자와 가깝다는 이유로 능력 있는 인물이 인사에서 배제된다면 그 또한 불공정이며, 차별일 것이다.

사실 남들보다 조금 높은 지위에 있는 입장이라면 인사에 있어서 공정성보다는 개인적인 친분 등이 더 우선적으로 작용하는 유혹이 없다면 거짓말일 것이라고 생각한다. 다만, 그러한 유혹에 빠지지 않는 것, 그러기 위한 원칙을 가지고 인사를 행하는 것이 리더의 자질일 것이다. 공정하기 위해는 냉정해야 하고, 냉정함을 유지하는 것은 바로 원칙을 올바로 세우는 것이 아닐까?

두 번째 길

갈등 조정과 치유

얼마 전 온라인 커뮤니티 등에서 우리나라가 세계 갈등 1위로 '공인'을 받았다는 주장이 제기됐다. 이 같은 주장의 근거는 지난 2021년 6월 영국 킹스 칼리지가 여론조사기관인 입소스에 의뢰해 발간한 보고서다. 모두 28개국 2만 3천여 명을 상대로 조사를 했는데 당초 목표는 영국 사회의 갈등이 얼마나 심각한지를 다른 나라와 비교하기 위함이었지만, 가장 '튀는' 국가는 공교롭게도 '한국'이었다.

보고서에 따르면 전체 12개 갈등 항목 가운데 7개에서 한국 국민들이 "갈등이 심각하다."고 대답한 비율이 제일 높다. 12개 갈등 항목 가운데 7개 부문에서 한국이 1위를 했다는 말이 나오고 있는 이유다. 우리 국민의 91%가 빈부격차가 심각하다고 응답했는데 칠레와 함께 공동 1위이다. 우리가 유독 유별난 건 '성별, 나이, 교육 수준(대학 교육 여부)'이다. 세계 평균의 두 배 수준이다. 우리가 피부로 느끼는 젠더 갈등, 세대 갈등, 학력 차별은 유독 우리나라에서 심각하다고 받아들여지고 있는 것이다.

2021년 당시 보고서 내용은 우리나라에선 크게 주목받지는 못했다. 그렇다면 왜 최근 주목을 받을까. 대선을 치르면서 우리 사회의 분열과 갈등이 심해지고 이에 대한 국민의 민감도가 높아진 것과 무관치 않아 보인다.

우리 사회 내에 갈등이 얼마나 심각한지를 보여주는 또 다른 조사도 있다. 한국리서치 정기조사 '여론 속의 여론'에서 발표한 〈집단별 갈등 인식 조사(2022년)〉이다. 현재 우리나라의 갈등 수준을 파악하기 위해 주요 10개 집단별 갈등 정도를 4점 척도(아주 작다, 작은 편이다, 큰 편이다, 아주 크다)로 물어보았다. 그 결과 여당과 야당의 갈등이 크다(아주 크다+큰 편이다)는 응답이 95%로 가장 높았고, 진보와 보수(94%), 부유층과 서민층(92%), 기업가와 노동자(89%), 정규직과 비정규직(88%)의 갈등이 크다는 응답이 뒤를 이었다.

10개 집단 간 '갈등이 크다'라는 응답이 모두 50%를 넘었다. 또한 1년 전인 2021년 5월 7일~10일 조사 결과와 비교했을 때, 중앙정부-지방정부를 제외한 나머지 9개 집단의 갈등이 크다는

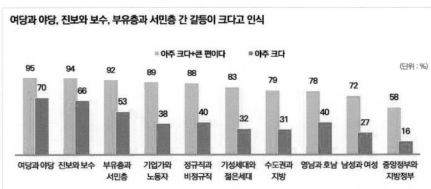

여당과 야당, 진보와 보수, 부유층과 서민층 간 갈등이 크다고 인식

■ 아주 크다+큰 편이다   ■ 아주 크다

(단위 : %)

구분	여당과 야당	진보와 보수	부유층과 서민층	기업가와 노동자	정규직과 비정규직	기성세대와 젊은세대	수도권과 지방	영남과 호남	남성과 여성	중앙정부와 지방정부
아주 크다+큰 편이다	95	94	92	89	88	83	79	78	72	58
아주 크다	70	66	53	38	40	32	31	40	27	16

(단위 : %, '아주 크다'와 '큰 편이다' 응답의 합)

주차	조사기간	여당과 야당	진보와 보수	부유층과 서민층	기업가와 노동자	정규직과 비정규직	기성세대와 젊은세대	수도권과 지방	영남과 호남	남성과 여성	중앙정부와 지방정부
2021년 5월 1주	2021. 05.07 ~ 10	88	88	91	85	87	76	75	64	66	61
2022년 5월 1주	2022. 05.06 ~ 09	95	94	92	89	88	83	79	78	72	58
차이(%p)		+7	+6	+1	+4	+1	+7	+4	+14	+6	-3

질문 : 다음 두 집단 사이의 갈등이 어떠하다고 생각하세요?
표본 수 : 각 조사별 1,000명
조사기간 : 2021. 5. 7 ~ 10 // 2022. 5. 6 ~ 9

한국리서치 정기조사 여론 속의 여론(hrcopinion.co.kr)

한국리서치 정기조사 결과. 한국리서치 홈페이지 인용

응답이 증가하였다. 우리 사회의 갈등 상황이 심각하고, 1년 전
보다 더 악화되었다고 보고 있었다.

어느 사회건 또는 집단이건 갈등이 없는 곳은 없다. 아니, 오히
려 아무런 갈등이 없다는 것이 더 문제일 수 있다. 갈등이 없다
는 것은 곧 그 사회, 집단이 폐쇄적이고 전체주의적이라는 말과
같다는 의미일 것이다.

주유소를 운영하면서 나름의 '끗'을 세우고자 크고 작은 단체
에 가입하여 활동하고 단체장도 다수 경험했다. 그중 내부적, 외
부적 갈등이 가장 극심했던 경험을 꼽으라고 한다면 한국주유소
협회장에 재임하고 있을 때라고 할 수 있다.

주유소협회는 말 그대로 주유소 사업자들이 모여 만든 사단법
인, 즉 이익집단이다. 재임 당시 1만 개가 넘는 주유소를 회원사
로 두고 있었고, 각각의 주유소마다, 주유소가 속한 지역마다,
주유소가 거래하고 있는 정유사 상표마다 모두 이해관계가 다르
기 때문에 그들이 모인 협회 내에서 갈등 발생 상황은 상당히 복
잡다단할 수밖에 없다.

전국 광역 시도의 대표가 모여 매달 토의하는 회장단 회의, 매
분기 개최하는 이사회, 매년 정기총회 같은 회의장은 이러한 갈
등이 모여 폭발하는 장과도 같았다. 이러한 상황을 모르는 것도

한국주유소협회 회장 취임식. 선거로 분열된 협회를 통합하는 과제는 조직의
수장에게는 피할 수 없는 숙명과도 같은 것이다.

아니었기 때문에 협회장이 되어서 가장 중점적으로 신경 쓴 부분도 갈등 해소와 통합이었고, 이러한 과정을 거치면서 주유소 협회라는 조직은 더 건강하고 단단한 조직으로 거듭날 수 있었다. 당시의 경험으로 깨달은 바는, 중요한 것은 갈등 그 자체가 아니라 갈등을 어떻게 해소하느냐는 것에 있다는 것이다.

앞서 표현한 대로 협회에서 정기적으로 개최하는 각종 회의는 갈등 폭발의 장이면서도, 동시에 갈등 해결의 장이 되기도 했다. 결국, 갈등이라는 것이 서로 간 의견, 이해 등에 차이가 발생하며 생겨나는 것이기 때문에 이것을 해결하는 거의 유일한 방법은 대화이다. 일단 만나서 싸움이 되더라도 이야기를 하다 보면 해결 방안이 보이게 되는 것이다.

아마도 협회장을 하면서 가장 힘들었던 순간이 갈등의 당사자들이 회의에 불참하고 협회 활동에 참여하지 않던 시기가 아니었을까 한다. 그리고 리더 혹은 지도자의 역할은 갈등의 해결사가 아니라 중재자, 즉 갈등의 당사자들을 대화와 공론의 장으로 불러 모으는 데 있다고 할 수 있다.

갈등의 해소 내지는 원만한 대화가 이루어지지 않은 채로 봉합될 경우에는 결국 갈등의 골이 깊어져 더 큰 갈등으로 이어지

주유소 경쟁력 강화 TF 회의. 정부와의 갈등을 대화를 통해 모색해 보자는
취지에서 민관 공동 협의체를 발족시켰다.

고, 종국에는 상대방을 악마화하여 더 이상의 대화나 상호작용이 불가능해지는 분열 상황까지 올 수 있다. 그리고 그 피해는 갈등에 참여하지 않은, 소위 애꿎은 피해자를 양산하는 결과를 불러온다.

　주유소협회장 재임 당시 협회가 갈등이 극에 달해 있던 때는 오히려 주유소협회장을 퇴임하던 시기였다. 차기 회장 선거가 있다 보니 자연스럽게 파벌이 형성되었고, '니 편 내 편'의 진흙탕 싸움이 벌어진 끝에 협회는 차기 회장에 대한 소송전에까지 이르는 상황이 되었다.
　중재의 노력은 "너는 누구 편이냐?"라는 헛된 물음이 되어 돌아왔고, 소송전으로 공석이 된(업무 정지 가처분 소송이 법원에서 인용되어 후임 협회장 업무가 중단되었다) 협회장 직무 대행을 맡은 도중 덩달아 소송에 휘말리게 되는 기막힌 일[1]도 있었다.
　한국소방안전협회라는 단체가 한국소방안전원으로 승격되는 시기였는데, 문재인 정부 청와대로부터 소방안전원 초대 원장으로 추천을 받았음에도 당시 송사에 휘말려 결국 스스로 자리를

1*　직무 대행을 하며 생산한 공문에 대해 공문서위조, 문서 모용 등 말도 안 되는 이유로 고소당했고, 결과적으로 모두 무혐의 처분되었다.

포기해야 했던 아픈 경험도 결국에는 갈등이 불러온 비극적인 결과가 아니었을까?

    현재 한국 사회는 이념 갈등을 중심으로 빈부 갈등과 노사 갈등이 첨예하고, 세대·남녀 갈등이 중첩되어 있어 국가적 분열 상태가 심각한 수준이다. 그럼에도 불구하고 사회통합의 중심 역할을 해야 하는 중앙정부와 정치권에 대한 신뢰도가 낮아 '통합'보다 '분열' 기제가 강력하게 작동하고 있는 것이 현실이다.

    이러한 이유로 사회적 대타협이 필요한 아젠다·이슈가 제대로 해결되지 못한 채 미봉책에 그치거나 오히려 사회적 갈등을 확산하는 소재만 되고 있다. 최저임금 인상을 비롯해 후쿠시마 오염수, 탈원전, 대입제도 개편, 노동시장 개혁 등은 모두 사회적 갈등만 초래할 뿐 사회통합의 계기가 되지 못하고 있는 실정이다.

    이미 본격화되고 있고 향후 그 파장이 더욱 커질 4차 산업혁명을 주도적으로 이끌기 위해서도 사회적 대타협이 절대적으로 필요하지만, 이해 당사자들의 첨예한 갈등 속에 중앙정부와 정치권은 열성 지지자들의 눈치 보기에 급급하다는 비판이 있다. 현 상황이 유지된다면 결국 미래 세대에게 모든 부담을 지우고, 이 과정에서 세대 갈등 등 사회적 갈등이 폭발하는 비극적 상황이 발생할 수 있다는 우려가 매우 크다. 현재도 사회 갈등으로 인해 막대한 세금과 비용으로 국가 발전이 훼손되고 있고, 한국사회의 지속적인 발전을 위해서는 절대적으로 사회통합이 필요하며, 이를 추진하고 실현할 수 있는 사회통합의 동력을 시급히 창출해야 할 것이다.

국민 여론처럼 중앙정부가 사회통합의 중추 역할을 수행하든, 참여정부 이전 시기 국민적 지지 속에 활발히 활동하던 시민단체 모델을 재현하든, 민주화 운동 시기의 종교계처럼 종교계가 사회통합에 적극적으로 나서든 사회통합 동력 창출을 더 이상 미뤄서는 안 된다.

정부와 국회, 언론 등 권력기관이 오히려 사회적 갈등을 부추기는 현실을 개선할 필요가 있다. 정부 여당과 야당의 갈등은 물론이거니와 갈등 해결 모색을 위한 대담 및 토론을 빌미로 오히려 싸움을 부추겨 시청률을 올려 보겠다는 얄팍한 상술로 갈등을 조장하는 것이다.

실제 MBC〈손석희의 시선집중〉과 CBS〈시사자키 정관용입니다〉프로그램에 출연하였을 때의 일이다. 업계의 현실에 대해 언론을 통해 정확히 알려 문제를 해결해야 함에도, 사회자는 전혀 예상치 못한 질문으로 사회자 본인이 원하는 답변만을 이끌어 내거나 상대방 토론자와 계속해서 첨예한 대립만을 이끌어 내는 진행으로, 갈등의 해결이 아닌 오히려 갈등 상황을 중계하여 확대 재생산되는 불쾌한 경험을 한 바가 있다.

갈등을 해결하고자 한다면, 서로 다른 정치적 및 이념적 견해를 가진 사람들 간에 개방적이고 존중하는 대화를 이끌어 내는 것이 중요하다. 각자의 관점을 이해하려는 자세로 상대방의 의견을 리스닝하고 공감할 수 있는 노력을 기울이는 것이 필요하다.

아울러 서로 다른 이념과 정치적 견해를 가진 사람들이라도 공통의 가치와 목표를 찾을 수 있고, 이를 기반으로 협력하고, 향후 발전과 번영을 위한 공동의 목표를 설정할 수 있다면 갈등 해소의 길이 조금씩 열릴 수 있다. 이를 위해 다양한 이념과 정치적 입장을 존중하고, 상호 간의 비판적 사고를 장려해야 한다. 서로 다른 관점을 경청하고, 새로운 아이디어와 해결책을 탐구함으로써 보다 포용적인 사회를 형성할 수 있다.

그리고 무엇보다, 갈등을 해소하고 이해를 도모하기 위해 교육과 인식 개선이 중요하다. 다양한 이념과 정치적 입장에 대한 교육과 함께 객관적인 정보와 사실을 기반으로 한 의사 결정과 분석 능력을 향상시키는 노력이 필요하다.

사회 갈등에 대해서는 정부 차원의 적극적인 대응이 무엇보다 필요하다. 지금처럼 정치적 계산과 힘으로만 갈등을 해결하려다 오히려 갈등만 증폭시키는 지금의 상황을 개선하기 위해서는 독립적인 법과 기구가 필요하다는 지적이 있다. 미국에는 대안적 분쟁 해결 제도인 「행정분쟁 해결법(ADRA)」과 협상에 의한 「규칙 제정법(NRA)」이 1996년 제정됐으며, 일본에서도 「ADR 기본법」을 운용하고 있음을 참고할 수 있을 것이다.

한편으로 앞서 국민 여론에서 보듯, 다수의 국민은 구조적 측면보다 개인의 인식 문제를 주된 원인으로 생각하고 있는 점에 주목해, 사회적 인식 개선을 동시에 추진해야 할 것이다. 국민 다수는 사회 갈등 원인으로 '개인·집단 간 상호 이해 부족', '이해 당사자들의 각자 이익 추구', '개인·집단 간 가치관 차이' 등을 꼽고 있다.

이러한 지점에서 가장 중요하게 제기되는 이슈가 우리 사회의 다양성 확대 및 존중이고, 이를 위한 '관용'의 가치를 확산해야 한다는 지적이다. BBC-입소스 글로벌 조사 결과에 따르면[2] 한 국민은 사람을 대하는 태도에 있어 '모든 사람을 믿을 수 있다'

---

[2] BBC Global Survey :A world divided? (2018년 4월 조사)

의 비중은 12%에 불과하고, '사람을 대할 때 매우 주의해야 한다'고 생각하는 비중이 88%이다. 즉, 가족, 지인 등 자신이 아는 사람이나 자신과 비슷한 부류의 사람이 아니면 매우 경계하고 있는 것으로, 사회적 다양성이 약하고 '관용'에 대한 공감도 역시 매우 취약하다는 반증이다. 앞서 제시한 학교 교육 현장에서의 다양한 인식 교육 확대와 더불어 '관용'의 가치 확산을 위한 사회적 노력이 무엇보다 절실하다.

나와 같은 곳을 바라보는 사람을 찾기는 쉽다. 그 사람의 모든 것을 알지 않아도, 한 방향으로 가고 있다는 것만으로도 내 편이라는 인식이 생긴다. 그러나, 나를 마주 보는 사람을 찾는 것은 쉽지 않다. 내가 마주 보는 것 자체가 쉽지 않거니와, 그 사람의 모든 것을 보다 보면 내 편이라는 인식이 생기기까지 많은 것을 관찰해야 결론에 도달하게 된다. 내 편이 될 수 없다는 결론에 이를 수도 있다. 그렇다고 마주 보지 않으면, 그것은 갈등의 또 다른 이름, '편협'이 된다.

상생의 길

계속해서 평범한 주유소 사장일 뿐이라고 이야기하고 있지만(실제로 아직 그렇게 생각하고 있다), 사실 고백하건대 평범하지 않은 경험도 종종 있었다.

그중 하나가 중소기업중앙회라는 대한민국 대표 경제단체에 이사라는 직함으로 활동했던 경험이다. 중소기업중앙회 이사 협의회 회장까지 역임하면서 주유소 사장으로서는 경험할 수 없는 여러 이야기도 듣게 되었고, 다양한 분야의 종사자들을 만나 여러 공감되는 이야기도 나눌 수 있었던 시기였다. 중소기업중앙회라는 이름에서 알 수 있듯이 중소기업, 소상공인들이 모인 단체다 보니, 특히 대기업의 갑질 문제에 대한 이야기도 자연스레 많이 듣게 되었다.

갑을관계는 갑과 을로 불리는 계약 당사자들의 계약 관계를 의미한다. 흔히 지위가 높은 이가 갑, 낮은 이가 을로 불리면서,

갑을관계는 비대칭적인 권력의 상하 관계라는 의미로 통용되고 있다.

갑이 부당하거나 불공평한 일을 을에게 요구하는 것을 '갑질'이라 부르고 있고, 갑을관계는 갑질의 부정적 의미를 내포하며 사용될 때가 많아지고 있다. 갑을관계의 문제들은 기업의 안과 밖에서 다양한 형태로 나타난다. 직원에게 '진상짓'을 하는 고객, 부하직원에게 과도한 지시를 하는 직장 상사, 하청기업에 납품단가 인하를 요구하는 원청기업, 중소기업의 기술을 가로채는 대기업 등이 바로 갑을관계하에서 벌어지고 있는 대표적인 갑질 사례이다.

부당한 갑질이 늘어나는 이유는 무엇일까. 그것은 을이 갑 외에는 선택할 수 있는 대안이 거의 없기 때문이다. 갑질을 당하는 을이 달리 선택할 방법이 없기 때문에 갑은 갑질을 하는 것이다.

결국 갑질의 문제는 점점 더 심화되는 불평등과 깊은 관련이 있다. 1980년대까지만 해도 중소기업 노동자는 대기업 노동자 임금의 90% 이상을 받았지만 지금은 대략 60% 정도를 받고 있고, 비정규직 노동자는 정규직 노동자 임금의 대략 절반 정도를 받는다. 갑질을 거부하는 경우 소득의 큰 감소를 경험해야 하기 때문에 사람들은 갑질을 견뎌내야만 한다.

기업들 사이의 갑질 원인도 비슷하다. 전체 중소기업의 절반

대한민국 정유 4사 로고. 대한민국에 단 4개뿐인 정유사는 석유 제조업체이자
도매업체인 동시에 소매업도 겸하고 있다.

가까이가 독립기업이 아닌 하청기업으로 존재하고, 원청기업에 절대적으로 의존하고 있기 때문에 납품단가를 후려치거나, 대금 결제를 미루고, 기술을 빼앗겨도 달리 저항할 방법이 없다.

제조업뿐 아니라 유통산업에서도 갑을관계에 따른 갑질 횡포는 빈번하게 일어난다. 소위 '대리점법'이라고 하는 「대리점 거래 공정화 법률」 제정의 계기가 된 남양유업과 유통 대리점 간의 관계까지 거슬러 갈 필요가 없이, 주유소 업계는 대기업인 정유사와 대표적인 갑을관계로 대다수 주유소가 정유사의 갑질 횡포에 시달리는 실정이다.

앞서 부당한 갑질이 발생할 수밖에 없는 원인이 을에게 선택의 여지가 없기 때문이라고 설명했는데, 주유소와 정유사의 관계는 이러한 설명에 가장 잘 부합한다. 대한민국에 정유회사는 SK에너지, GS칼텍스, S-OIL, 현대오일뱅크 단 네 곳이다. 주유소를 운영할 때 이미 거래 공급사를 선택할 수 있는 여지도 매우 적지만, 한번 선택한 거래 정유사를 바꾼다는 것은 더욱더 힘든 일이다. 소위 전량 구매 계약이라고 하는 '배타적조건부거래계약'을 체결하기 때문이다.

쉽게 말해 주유소에서 판매하는 기름을 공급해 주는 정유사를 현대오일뱅크로 선택했다고 가정하면, 이 주유소는 오직 현대오일뱅크에서만(다른 정유회사가 더 좋은 조건에 제품을 공급하더라도) 제품을 구매할 수밖에 없다. 물론 이러한 계약은 정유사의 강요에 의한 것이라든가 불법적인 행위는 아니다. 다만, 이러한 불합리한 계약을 할 수밖에 없도록 구조가 만들어져 있고, 주유소들의 선택은 제한된 채로 일방에 유리한 계약을 하게 되는 것이다.

갑을관계가 낳는 문제가 을에게 부당하고 불공정하다는 것에만 있는 것이 아니다. 투자와 거래를 위축시키는 비효율성을 낳는다. 하청기업이 연구개발을 통해 부품 생산 단가를 낮추자 원청기업이 단가 인하를 요구한다고 가정하면, 이런 식의 갑질을 예상하는 하청기업은 더 이상 연구개발에 투자하지 않게 된다. 결국 피해는 소비자, 일반 국민에게 돌아가게 되는 것이다. 경제학은 이것을 두고 '홀드 업 문제(Hold-up problem)'라고 부른다(퍼듀대학교 김재수 교수 인용, 국민권익위원회).

구체적으로 살펴보기 위해 다시 주유소 문제로 돌아가 보자. 한 곳의 정유사와 전량 구매 계약을 맺은 주유소는 다른 정유사나 도매업체들이 아무리 낮은 가격의 제품을 공급한다고 하더라도 그 제품을 구매할 수 없다. 결국 비싼 가격에 공급받은 제품은 소비자들에게 비싸게 판매할 수밖에 없는 것이다.

특히, 정유사와 주유소 간 거래방식은 '사후정산제'라고 하는 오랜 관행이 존재한다. 사후정산은 주유소가 정유사로부터 기름을 공급받을 당시에는 정확한 가격을 알지 못하고 정유사에서 책정된 입금가에 구매한 뒤, 일주일 혹은 한 달 뒤 평균 가격으로 정산을 받는 방식을 말한다. 물론 이러한 거래방식을 사후 할인으로 인식하여 더 좋은 거래방식이라고 생각하는 주유소들도 상당수 존재한다. 정산가는 항상 입금가보다 낮기 때문이다.

그러나 어떤 소매업자가 물건을 제값도 모르고 사 와서 소비자들한테 제값에 판매할 수 있을까? 문제는 이러한 사후정산 관행을 주유소에서 따르지 않겠다는 선택은 불가능하고(갑질), 이러한 거래방식의 피해자는 주유소에서 기름을 넣는 모든 국민이 될 수밖에 없다.

이러한 갑의 횡포, 갑질을 막을 방법은 없을까? 홀드 업 문제라는 갑질을 극복하는 방안을 찾기 위해서 경제학자들은 신뢰 게임 실험을 하였다.

실험 참가자들을 갑과 을로 나누어, 을에게 100달러를 준다. 을은 주어진 돈에서 얼마를 갑에게 건넨다. 이것을 을의 노동이라고 생각할 수 있다. 갑은 건네받은 돈을 통해 세 배의 수익을 얻

투명한 석유시장 확립을 통한 소비자권익 증진방안 모색

일시 | 2014년 12월 17일(수) 오후 2시　장소 | 국회의원회관 제1세미나실　주최 | 🏛 국회의원 박완주　🌿 녹색소비자연

석유 유통 시장 투명성 확보 방안 토론회.
정유사 간 경쟁을 통해 유가를 인하하는 방안이 마른 수건 쥐어짜듯 주유소를
경쟁시키는 것보다 더욱 근본적인 유가 정책이 될 수 있다.

는다고 가정한다.

예를 들어 을이 100달러 모두를 갑에게 건네면 갑은 이를 이용해서 300달러를 벌 수 있다. 게임의 마지막 단계는 갑이 번 돈의 일부를 을에게 자발적으로 돌려주는 것이다. 만약 갑이 기회주의적으로 행동한다면 갑은 한 푼도 돌려주지 않아도 된다. 바로 '갑질'을 하는 것이다. 이를 합리적으로 예상하는 을은 애초에 돈을 주지 않을 것이다.

실제로 대부분의 실험 결과에 따르면 을의 역할을 하는 이들은 갑질을 염려하여 약간의 돈만 건네주고, 갑의 역할을 하는 이들은 건네받은 돈보다 조금 적게 돌려주는 갑질을 하는 것으로 나타났다.

게임을 조금 바꾸어, 을이 갑을 처벌할 수 있는 기회를 부여해 보았다. 자신의 돈 10달러를 써서 상대방의 돈 20달러를 없앨 수 있는 처벌이다. 을이 이기적인 존재라면 응징을 선택하지 않아야 한다. 아무리 화가 나서 복수를 하고 싶다 해도 처벌에 따른 비용을 지불해야 하기 때문이다. 하지만 실험 결과, 갑이 수익을 공평하게 나누지 않을 때 을은 복수를 선택한다. 공평함에 대한 요구가 이기심을 넘어서는 것이다.

결국, 을의 복수를 예상하는 대다수의 갑은 수익의 공평한 분배를 선택한다. 역시 이를 예상하는 을은 기꺼이 가진 돈의 대부분을 갑에게 건네주게 된다. 이처럼 부당한 갑질에 대해서 처벌

노무현 정부는 2006년 대기업과 중소기업 간의 양극화를 해소하고자 「대·중소기업 상생 협력 촉진에 관한 법률」을 제정했다. 이 법에 따라 중소기업 고유업종을 지정하면서 대기업 참여를 제한했다.

법을 위반하면 시정 명령을 할 수 있고, 이행하지 않으면 형사 제재도 가능하다. 그러나 이 지정제도가 국가경쟁력을 저해하고 소비자 보호에 취약하다는 비판이 일면서 이명박 정부 때인 2010년 고유업종 지정제도를 폐지하는 대신에 중소기업청이 사업을 조정하도록 했다.

그럼에도 양극화가 더욱 심해지자 정부는 2012년 법을 개정해 민간 합의로 조정 문제를 해결하도록 동반성장위원회를 설치하기에 이르렀다. 이 위원회는 민간인만으로 구성되었으며, 핵심 업무는 중소기업 적합 업종·품목을 정해서 단순히 권고하는 역할이었다. 즉, 을이 갑을 직접 처벌할 수 없으니 갑질에 대해 정부가 대신 처벌하겠다는 것인데, 이마저도 대기업 논리에 의해 흐지부지되었다.

한국도로공사 앞 항의 집회.
대기업 갑질 횡포만큼 공기업 갑질 횡포도 심각하다. 도로공사는 휴게소
임대 계약을 무기로 고속도로 휴게소에 기름값 인하를 강요했다.

여기서 대기업이 무조건 악이라고 말하고 싶은 것은 아니다. 우리나라의 경제 구조, 경제 상황은 대기업 없이 될 수 없다. 중요한 것은 대기업도 중소기업, 소상공인이 없이는 살 수 없다는 인식으로 상생의 의지를 가져야 하는 것이며, 그들 스스로 상생을 추구하기란 어려우니 정부와 정치가 이를 가능하도록 도와야 한다는 것이다.

정부는 대기업이 중소기업 소상공인을 우선적으로 거래 파트너로 선택하도록 규제하고 이를 통해 대기업은 중소기업 소상공인과의 거래를 우선적으로 고려하고 협력을 촉진할 수 있다. 규제만 하는 것이 아니라 상생에 나서는 기업들에게 혜택 제공도 필요하다. 예를 들어, 세제 혜택이나 장려금을 중소기업 소상공인과의 거래나 협력에 따라 제공함으로써 대기업은 중소기업과의 상생을 장려할 수 있다. 아울러, 정부는 대기업과 중소기업 소상공인 간의 정보 교류 및 네트워킹을 지원하는 다리의 역할을 해야 한다.

예를 들어, 중소기업 소상공인이 대기업의 입찰 정보에 접근하고 상호 협력을 모색할 수 있는 플랫폼을 구축하거나 정부 주관으로 정기적인 업계 세미나 및 워크숍을 개최하여 대·중소기업 간 소통의 장을 마련하는 역할을 해야 한다.

중소기업중앙회에서 운 좋게 여러 직을 맡아 일하며 얻은 가장 큰 행운은 현 중소기업중앙회 회장인 김기문 회장을 가장 가까이서 지켜볼 수 있었던 것이라고 할 수 있다. 평소 생각으로만 가지고 있던 대중소 기업 간 상생이라는 신념을 현실로 구현해 나가는 과정은 그저 존경을 불러올 수밖에 없다고 해도 과언이 아니었다.

「납품단가 연동제」를 법제화하며, 납품단가 연동제가 대기업 처벌 목적이 아닌 상생을 위한 제도라는 것을 직접 설득하기 위해 발바닥이 닳도록 국회의원을 찾아다니고, 상공회의소 등 경제단체를 돌며 제도 취지를 설명하는 모습은 중소상공인과 중소기업을 대표하는 리더로서 귀감이 되지 않을 수 없다고 할 것이다. 상생을 위한 그의 노력은 대통령을 직접 만나 설득해 대통령 직속 '대·중소기업 상생특별위원회'를 출범시키기에 이른다.

윤석열 정부는 제33호 국정 과제 '공정하고 공평한 상생형 시장환경 조성'의 일환으로 불공정거래행위를 전문으로 수사하는 특별사법경찰팀을 중기부 산하에 구성하는 계획을 추진하기로 한 것으로 알려졌다. 중소기업이 제대로 성장하려면 이른바 '기울어진 운동장'을 바로잡아야 한다고 보고 있다. 특히 기업 간 불공정거래나 기술 탈취 행위를 단속하는 것이 시급하다고 판단

중소기업중앙회 김기문 회장에 감사패 전달.
납품단가 연동제, 가업승계제도 개선 등 중소기업계에 큰 족적을 남기는 성과뿐
아니라, 주유소 공제조합 설립 지원 등 주유소 업계에도 지원을 아끼지 않았다.

한 것이다. 일견 타당해 보이고 환영할 만한 일이라고 보이지만, 처벌이 능사는 아니다.

특사경 역할을 하는 공정거래위원회가 존재했지만, 대기업 갑질을 결국 막지는 못했다. 결국 기업의 인식 변화에 정부가 앞장 서야 한다.

갑을관계에 대한 사회적 비판이 점점 커지고 있다. 윤리 경영을 추구하는 기업들은 갑을관계의 문제에 적극적으로 나서야 한다. 경영자는 을의 위치에 있는 이들에게 최소한의 처벌 권한을 부여하는 데 주저하지 않아야 한다. 갑과 을 사이의 권력의 비대칭을 줄이려는 노력은 이 시대가 요청하는 긴급한 기업 윤리이다. 갑을관계로 인한 비효율성을 줄이는 윤리 경영은 기업의 이윤에도 도움이 된다는 사실을 깨달을 필요가 있다. 상생과 동반성장의 길이다. 평소 존경해 마지않는 대한민국 국무총리를 역임하셨던 정운찬 동반성장연구소 이사장님의 기고문을 첨부하고자 한다.

정운찬 전 총리님과.
경제와 동반성장에 관한 대한민국 최고 권위자이시다.

[정운찬 칼럼] 사회 작동 원리로서의 동반성장

한국경제는 지난 10년간 저성장과 양극화로 시달려 왔다.

성장률은 2%대에서 헤매며 벗어나질 못하고 있다. 분배는 소득 상위 1% 사람들이 경제 전체 소득의 15%를 차지하고, 상위 10% 사람들이 47%의 소득을 가져가고 있다. 내년도 성장률도 2.6%를 넘기 어려워 보인다. 소득분배도 악화되면 되었지 개선되지 않을 것이다.

재정정책이나 금융정책으로 해결될 문제가 아니다. 나는 오래전부터 적어도 단기적으로는 동반성장이 한국경제를 살릴 수 있는 유일한 길이라고 주장해 왔다.

한국경제를 살리는 관건은 설비투자에 있다. 지난 20년간 대기업도, 중소기업도 투자가 부진했다. 대기업은 돈은 천문학적으로 많은데 투자 대상이 부족하다. 연구·개발(R&D) 지출이 많다고는 하나 대부분이 개발을 위한 지출일 뿐, 본연의 연구는 부족해서 핵심·첨단기술을 개발하지 못했다. 그 결과 투자할 데가 마땅치 않다. 따라서 개발에서 연구로의 방향 전환이 필요하다. 그러나 시간이 걸릴 것이다. 현재 우리가 안고 있는 경제문제는 심각한데 말이다.

한편 중소기업은 비록 최고급 기술은 아닐지 몰라도 투자할 데는 많은데 돈이 없다. 따라서 대기업으로 흐를 돈이 자연스럽게 그리고 합법적으로 중소기업으로 흐르도록 유도하면 중소기업이 투자를 늘리고, 그것은 중소기업의 생산 증가, 고용 증가, 소득 증가, 소비 증가, 저성장 완화로 이어질 것이다. 이 과정에서 이들과 협력하는 대기업도 활발해질 수 있다(분수효과).

또한 중소기업은 전체 기업의 99% 이상을 차지하고 고용은 88% 이상을 맡고 있으므로 소득분배를 개선하는 데도 크게 도움이 될 것이다.

그 방안은 이익 공유, 중소기업 적합 업종 선정, 정부의 적극적인 중소기업으로부터의 구매 증가 등이다.

그러나 이를 놓고 이데올로기 싸움이 한창이다. 근본적으로 시장주의자들은 동반성장 단기 3정책이 자본주의 정신에 어긋난다고 주장한다. 특히 이익 공유를 격렬히 비판한다. 이들의 비판은 애덤 스미스를 떠올린다. 왜곡된 스미스가 아니라 진짜 스미스 말이다.

모든 사회는 구성원들의 행동을 비롯하여 정책·제도·법의 내용에 영향을 주는 중심적인 작동원리가 있다.

자본주의사회 작동원리의 핵심은 애덤 스미스에서 찾을 수 있다. 스미스는 〈국부론〉에서 각 경제주체가 자기 이익을 추구하며 경제생활을 하면 '보이지 않는 손'에 인도돼 사회의 부를 극대화하는 결과를 가져온다고 했다. 인간은 스스로 어떤 것이 이익이 되는지 가장 잘 알며, 자신의 이익만을 좇더라도 보이지 않는 손에 의해 사회 전체의 이익이 증대되는 결과를 초래한다는 것이다. 그러나 그것은 후대 사람들이 애덤 스미스의 주장을 왜곡한 것이다.

애덤 스미스의 진정한 모습은 〈도덕 감정론〉에 나타나 있다. 그는 경제와 사회가 제대로 발전하려면 세 가지 덕이 필요하다고 했다.

'현려(賢慮)'의 덕은 자기 이익을 추구하는 개인과 이들이 모인 시장에서 이루어진다. 그러나 '정의(定義)'의 덕과 '인혜(仁惠)'의 덕은 공정한 사회를 만드는 정부의 역할을 통하여 이루어진다. 애덤 스미스는 각 경제주체가 자유롭게 경제활동을 하면서도 개인의 내면에 있는 '공정한 관찰자'가 개인의 경제적 이익을 사회의 도덕적 한계 내에서만 허용함으로써 스스로 자신의 무한 자유를 제어한다고 보았다. 그리고 공정한 관찰자 역할을 확대하여 정부가 독점이나 폭리 등의 불공정한 사태에 개입해 공정을 유지토록 하는 것을 정의의 덕이라 했다. 인혜의 덕은 '경제활동을 할 자유'가 없는 소외계층을 적극적으로 돕는 것이다.

스미스는 정의가 경제사회의 기둥이며 인혜는 그 지붕이라고 보았다. 기둥이 무너지면 모든 것이 무너지고, 지붕이 부실하면 세찬 비바람을 피할 수 있는 안정된 생활이 위협받는다는 뜻이다.

이처럼 애덤 스미스가 주장하는 자본주의 작동원리는 '모든 개인이 자신의 이익을 시장에서 자유롭게 실현하는 것'과 '공정한 관찰자로서 개인의 이기심과 탐욕 때문에 정의와 인혜에 기초한 공동체 사회의 조화와 질서가 붕괴하지 않도록, 개인의 경제적 이익을 사회의 도덕적 한계 내에서 허용하는 것'이다.

자본주의경제 질서는 다양한 형태로 변화해 왔다. 그러나 두 가지(개인의 자유로운 경제활동, 공정한 관찰자에 의한 조정과 통제) 원리가 하나의 토대로 기능하는 자본주의사회의 작동원리는 변함없이 지속되었다. 애덤 스미스 시대의 고전적 자본주의는 개인의 공정한 관찰자 개념을 국가로 확대한 케인스적 자본주의를 거쳐 개인의 자유로운 경쟁을 극대화한 신자유주의적 자본주의로 변화해 왔다.

그러나 2008년 글로벌 금융위기로 신자유주의적 자본주의는 위기를 맞았다. 애덤 스미스가 정립한 자본주의의 두 가지 사회 작동원리 가운데 '공정한 관찰자에 의한 개인 이기심의 조정과 통제'를 배제하고, '개인의 자유로운 경쟁'만을 강조했기 때문이다.

'공정한 관찰자'의 덕목을 상실하고 '자유로운 경쟁'만이 남은 인간은 오직 개인의 욕망만을 추구하기 때문에 공동체 사회는 이러한 욕망 실현의 장소와 대상에 불과하다. 능력주의와 실력주의란 명분으로 적자생존의 법칙이 인간사회에 관철되면서 오직 자본의 이윤 추구만이 인간의 삶과 사회를 결정할 뿐이다. 그 결과는 경제적 불평등의 심화와 양극화 그리고 미국발 글로벌 금융위기였다.

바로 여기에 동반성장이 필요하게 된다. 동반성장은 개개인을 상호작용의 관계를 갖는 공동체 사회 구성원으로 본다. 그리고 그들 사이의 관계를 '동반자' 관계로 설정한다. 그래서 개인이 구현할 수 있는 행복과 자유는 관계를 맺고 있는 사람들이 누리고 있는 행복과 자유, 그리고 공동체 사회에 구현된 행복과 자유에 의해 영향을 받는다. 이러한 가치를 바탕으로 사회제도·법·정책이 만들어지고 구현될 때 개인과 개인, 개인과 사회가 서로 행복을 증진하는 동반성장 사회로 갈 것이다.

이데올로기의 시대는 이미 지났다. 얼마 전만 해도 중국이 미국을 향해 자유무역 하자고 주장하는 것을 상상이나 했겠는가. 그렇게 자유무역을 외치던 미국이 세계를 향해 국제수지 적자를 더는 용납할 수 없다며 관세 폭탄을 투하하는 이유가 무엇이겠는가. 맹목적 자유주의는 갔다. 이제 남은 것은 국익을 위한 실용주의뿐이다. 대·중소기업 간, 빈부 간, 도농 간, 지역 간, 세대 간, 남북한 간, 그리고 국가 간 동반성장만이 살길이다.

(경향신문, 2018.12.21.)

우리 경제와 최저임금

앞 장에서 몇 가지 평범하지 않은 경험을 했다고 고백한 바 있는데, 그중 현재 진행형인 경험이 있다. 최저임금위원회에 사용자 측 위원으로 활동하고 있는 것이다.

운이 좋게도 박근혜 정부 시절부터 최저임금위원으로 현재까지 활동하고 있다. 남들은 하지 못하는 특별한 경험임에는 분명하지만, 사실 그리 기분이 좋은 자리는 아니다. 최저임금이라는 제도 자체에도 문제가 있지만, 수많은 경제 전문가, 경제학자, 경제관료를 제치고 수백, 수천만 명의 노동자, 고용주들의 삶을 몇 명의 위원들과 모여 좌우한다는 것은 그들의 숫자만큼 무거운 책임감이 되었다.

그렇다고 그 자리를 회피한다는 의미는 물론 아니다. 무엇이 그들을 위한 최선의 결정인가에 대해 지금 이 글을 쓰는 순간에도 치열하게 고민하고 있다. 물론, 경제에 대해 잘 모르는 비전문가이기 때문일 수도 있겠지만.

이데일리에서 주관한 심포지엄.
노동 개혁과 고용정책을 개선하는 방안의 일환으로 최저임금제도 개선을
촉구한다.

최저임금 동결 호소 기고문. 지난 정부의 소득주도성장은 최저임금을
소상공인이 감내할 수 없는 수준에 이르게 했다.

최저임금제도가 하루 이틀 된 제도가 아니지만, 본격적으로 온 국민의 관심을 받게 된 것은 지난 문재인 정부 시절 '최저임금 만 원 공약'과 '소득주도성장 이론' 때문이라 해도 과언이 아니다.

"소득주도성장이 경제적으로 나쁜 영향을 미쳤고 일자리도 줄였다는 식의 평가는 전혀 잘못되었다. 5년을 보면 고용은 크게 늘었고 우리 경제는 훨씬 성장했고. 분배도 대단히 개선되었다."

문재인 대통령은 퇴임 직전 손석희 전 JTBC 앵커와의 대담에서 이렇게 말했다. 소득주도성장을 "경제학에서 족보도 없는 이론"이라고 혹평했던 윤석열 대통령은 '민간주도 성장'을 대안으로 내세웠다.

일반 국민이 소득주도성장을 보는 시각도 두 전·현직 대통령의 평가와 같을 것이라고 생각한다. 아주 잘못된 정책이었거나, 좋은 정책이 크게 효과를 못 보았다거나. 평가는 갈리지만, 사실 좋은 결과를 내지 못했다는 것에 대해서는 모두 공감할 것이라고 생각한다.

소득주도성장은 '경제성장은 어떻게 이뤄지는가'라는 경제학의 오랜 질문과 맞닿아 있는 개념이다. 경제학을 잘 몰라도 이름은 한번 들어봤을 법한 1930년대 영국의 경제학자 케인스는 물

"경제 그대론데 최저임금 매년 변경 소모적"

인터뷰

김문식 중기 최저임금위원장

2022년도 최저임금 동결 주장

"경기 상황이 큰폭으로 변하지 않는데 최저임금을 매년 새롭게 정하는 것은 맞지 않다."

김문식 중소기업중앙회 최저임금특별위원회 위원장은 최근 <뉴스토마토>와의 인터뷰에서 이같이 말했다. 아울러 최저임금 결정 구조에 대한 문제점을 지적하는 한편 내년도 최저임금 동결을 주장했다.

내년도 최저임금을 결정하는 최저임금위원회 첫 전원회의가 지난 20일 열렸다. 근로자위원 측은 최근 2년 동안 최저임금 인상이 미미했던 만큼 내년은 대폭 인상해야 한다는 입장이다. 하지만 사용자위원 측은 코로나19 여파로 소상공인 업계가 위기인 만큼 최저임금을 동결해야 한다고 맞섰다.

최저임금 인상률은 2018년 16.4%, 2019년 10.9%로 2년 연속 두자릿수를 기록했다. 그러나 코로나19 사태로 2020년 2.9%, 2021년 1.5% 인상에 그쳤다. 특히 2021년 인상률은 최저임금 제도가 도입된 1988년 이후 가장 낮은 수준이었다.

최임위 사용자위원 중 한명인 김 위원장은 내

년도 최저임금 인상에 부정적인 의견을 피력했다. 김 위원장은 "여러 경제 조건을 감안해 합리적으로 정해야 한다"고 목소리를 높였다.

특히 최저임금 인상이 근로자들에게 좋은 것만은 아니라는 게 김 위원장의 생각이다. "고용주들도 최저임금 인상에 동의하는 부분이 있지만 현실적으론 어려운 점이 많다"고 지적했다. 그러면서 최저임금 인상이 결국 외국인 근로자에게만 혜택이 될 것이라고 덧붙였다. 김 위원장은 "외국인 근로자는 돈을 벌어도 90% 이상 본국으로 송

금한다"고 우려를 나타냈다.

최저임금 제도 자체에 대한 비판도 이어졌다. 대표적인 것이 주휴수당이다. 김 위원장은 "전세계적으로 주휴수당을 주는 국가가 2곳밖에 없는 것으로 알고 있다"면서 "원래 근로자의 노동권과 생명권 때문에 만들어진 제도인데 이제는 폐지돼야 한다"고 강조했다.

최저임금이 업종 구별 없이 단일하게 적용되는 데 대해서도 비판의 목소리를 냈다. 김 위원장은 "업종마다 노동 강도가 다른데 최저임금을 똑같이 적용하는 것은 맞지 않다"면서 "농촌과 도시 인력이 다르고 생계비도 차이가 있는데 이런 부분을 감안해야 한다"고 말했다.

최저임금을 논의하는 최임위 전원회의에는 사용자위원, 근로자위원, 공익위원 각 9명씩 참석한다. 이 중 근로자위원은 민주노총과 한국노총이 추천하는데, 김 위원장은 이들이 실제 현장에서 일하는 근로자들의 목소리를 제대로 대변하지 못한다고 꼬집었다.

최임위가 정치적 상황에 영향을 받는 것에서도 탈피해야 한다고 강조했다. 김 위원장은 "결국 캐스팅보트는 공익위원이 쥐고 있는데 이분들도 정부에서 임명하다보니 정권에 따라 자유롭지 못한 부분이 있다"면서 "공익위원을 학계나 국회 등 다방면으로 추천받아 임명하는 것이 필요하다"고 해결책을 제시했다.

정통룡 기자 dyzpower@etomato.com

최저임금제도 개선 기고문. 법에 명시된 최저임금 업종별 차등 적용은 반드시 필요한 제도이다. 현재 최저임금위원회는 결국 정부가 최저임금을 결정하는 방식이기 때문에 한계가 있다.

건을 아무리 많이 생산해도 살 사람이 없으면, 즉 구매력이 뒷받침된 수요가 부족하면 생산한 만큼 물건이 소비되지 않아 경기 침체로 이어지고, 그만큼 경제성장에 유효 수요가 중요하기 때문에, 경기가 침체될 때는 정부가 재정 지출로 유효 수요를 끌어올려야 한다고 말한다.

이것이 소위 경제에 정부 역할을 강조한 '케인스학파' 정책인데, 여기서 더 나아간 게 '후기 케인스학파'이다. 이들은 저소득층이 돈을 더 많이 벌수록 유효 수요가 늘어나 경제성장에 도움이 되리라고 본다. 따라서 국민소득에서 노동이 가져가는 몫, 즉 임금을 늘려야 소비가 증가해 경제성장을 더 잘 촉진할 수 있다. 이것이 '임금주도성장(wage-led growth)'의 개념이다.

이론 자체만 보면 상당히 일리가 있는 주장이라고 생각하지만, 여기서 간과한 것이 있다고 생각한다. 소위 주류 경제학에서 '보이지 않는 손'이라고 표현하는(이것도 경제학을 모르는 사람도 한 번은 들어봤을), 수요와 공급이 만나서 이루는 가격, 즉 '물가'라는 개념이다.

문제는 2017년 5월 10일 출범한 문재인 정부가 가장 먼저 시행한 정책이 최저임금 인상이었다는 점이다. 2017년 7월 15일, 최저임금위원회가 2018년도 최저임금을 전년 대비 16.4% 올리

최저임금 인상 결과 언론 인터뷰. 최저임금이 정치 논리로 결정되어서는 안 된다.

최저임금 인상 결과 인터뷰.
최저임금이 중소기업 소상공인에 미치는 영향력은 정부의 상상 이상일 것이다.

기로 한 것이다. 2020년까지 최저임금 1만 원을 달성하겠다는 문 대통령 공약이 어느 정도 반영된 수치였다.

　당시 정부는 최저임금 인상으로 저소득층의 소득이 늘어나면 소비로 이어져 자영업자들의 매출이 늘어나고 그러면 시간이 지남에 따라 자영업자들의 소득도 늘어날 거라고 봤다. 그런데 이렇게 급격한 최저임금 인상은 영세 자영업자들의 인건비를 상승시켜 소득을 감소시킬 수 있다. 인상된 인건비는 그들이 판매하는 제품값에 반영될 수밖에 없다. 그렇게 물가가 오르면, 최저임금 인상으로 소득이 증가했지만 소비로 이어지기가 어려워진다.

　사실, 최저임금위원으로 위촉되어 활동하던 시기에 미술을 전공한 둘째 딸은 박물관에서 문화 연구원으로 6개월 단기 근로계약으로 근무하고 있었다. 하루 18시간씩 일하고도 근로기준법 적용을 받지 않는 그야말로 열정페이 근로자, 즉 최저임금의 직접 영향을 받는 최저임금 근로자였다.
　아빠로서 안타까움은 이루 말할 수 없었고, 사실 딸의 처지를 생각한다면 최저임금을 올릴 수 있는 만큼 올려 주고 싶은 게 인지상정이겠지만, 당시 딸아이에게 똑같은 논리로 이해를 시켜 주었던 기억이 있다.

"네가 최저임금이 인상되어서 당장 받는 월급이 늘어나면 기분은 좋아지겠지만, 너를 고용한 미술관은 너의 급여 인상으로 미술관 관람료나 그림 판매가격을 올릴 수밖에 없을 것이고, 그렇게 물가가 올라가면 너의 급여 인상이 마냥 좋지만은 않은 것이다. 이건 조삼모사와 다를 바 없는 거야."라고 설득했지만, 사실 대부분의 사람들과 같이 딸아이도 마냥 수긍하지만은 않았었다. 물가는 당장 눈에 보이는 것이 아니고, 현재 쓸 수 있는 돈은 더 많아지니 어찌 보면 당연하다고 할 수 있지 않을까.

더욱이, 최저임금위원과 중소기업 최저임금특위 위원장으로 활동하면서 현장의 목소리를 접할 기회가 많은데 기업의 어려움도 어려움이지만, 최저임금이 중소기업과 소상공인 경영에 미치는 영향이 상당함을 느끼고 있다.

주유소 업계만 하더라도 주유소는 대개 주유원들에게 최저임금 수준을 지급하고 있다. 최저임금의 고율 인상 누적으로 감당하기 어려워지자 셀프 주유소로 30% 이상 전환되었고 이는 곧 고용의 감소를 의미한다. 모두가 셀프 주유소 전환이 가능한 것은 아니다. 여러 여건으로 전환이 불가능한 주유소의 경우 오후 6시~8시와 오후 8시 이후, 소위 취약 시간에는 영업을 하지 않는 방식으로 인건비 부담을 줄이고 있다.

매일경제   2019-07-08 (월) A19면

최저임금 급등 근로자가 피해
농촌·지방업체 고용위축 심각

中企 현장목소리 ① / 김문식 중기중앙회 노동인력위원장

중소기업·소상공인은 최근 내수 침체와 급격한 최저임금 인상, 근로시간 단축 등의 영향으로 어느 때보다 힘든 시기를 보내고 있다고 토로한다. 이에 매일경제는 중소기업 현장의 목소리를 전달하기 위해 중소기업중앙회 산하 위원장들과 업종별 협동조합 이사장과의 릴레이 인터뷰를 진행한다.

인건비 부담에 셀프주유소 급증
사람 안뽑고 근무시간도 줄여

"요즘 농촌이나 지방 외곽에 가면 오후 7~8시만 돼도 문을 연 주유소를 찾기 힘듭니다. 인건비 상승 영향이 결국 근무시간 단축으로 나타나는 겁니다."

내년도 최저임금 결정을 앞두고 만난 김문식 중소기업중앙회 노동인력위원장(주유소운영협동조합 이사장·사진)은 최저임금 급등이 중소기업 현장의 일하는 방식을 빠르게 바꿔놓고 있다며 이 같은 주유소 사례를 들었다.

그는 지금 최저임금 위원회가 합리적 논의보다 '진영 싸움'으로 변질됐다고 안타까워했다. 최저임금 당사자인 근로자와 영세 중기·소상공인은 배제된 채, 대기업·공공기관을 주로 대변하는 양대 노총과 친여당 성격의 공익위원이 결정권이 크다고 강하게 비판했다.

김 위원장은 "전국 주유소의 셀프화 비율은 지난해 말 17% 선에서 올해는 전환 속도가 더 빨라져 연말이면 30%에 육박할 것"이라고 말했다. 셀프 주유기 등 무인화 설비를 갖추는 데 평균 1억원 안팎의 많은 비용이 들어가지만 그럼에도 셀프화 도입 속도가 빠른 것은 그만큼 최저임금 인상 속도가 가파르기 때문이라는 설명이다. 그는 아울러 "도시보다 농촌이나 도시 외곽에서 인건비 부담을 줄이기 위한 셀프 전환 속도가 빠르다"고 덧붙였다.

셀프화와 함께 운영시간(근무시간)을 단축하는 주유소도 늘고 있다는 설명이다. 이전에는 오전 6시부터 밤 12시까지 대부분 영업했지만, 이제 오전 7시에 문을 열어 오후 7~8시면 문을 닫는 주유소가 꽤 늘었다. 김 위원장은 "최저임금이 올라도 이같이 근무시간이 줄면 임금은 그대로거나 줄어들 수밖에 없다. 물가만 오른다"며 "이런 상황을 '저녁 있는 삶'이라고 말할 수 있는지 정부는 현실을 직시해야 한다"고 강조했다.

최근 2년 새 최저임금은 29.1% 급등했는데, 그전까지 10년간은 연평균 6.4%로 소상공인이 감내할 수 있는 수준이었다는 것이 김 위원장의 생각이다. 물론 최저임금을 지급하지 못하는 '최저임금 미만율'은 숙박·음식업 43.1%, 농림·어업 40.4% 등 영세 업종은 평균 30%를 넘어섰다. 이들 업종은 내년 최저임금이 얼마나 더 오르든지 아무 의미가 없다는 것이다.

김 위원장은 "장사가 잘돼 직원 임금을 함께 올리는 것이 가장 좋지만, 사실 지방·농촌에서는 특히 나이 드신 분들은 최저임금 수준이 아니어도 일을 하고 싶어한다"고 말했다. 따라서 최저임금이 농촌·지방 영세업종을 중심으로 오히려 고용을 크게 위축시키고 있다는 지적이다.

그는 "주유소뿐만 아니라 다른 업종이나 소상공인은 농촌·지방이 서울·수도권보다 매출과 이익이 적기 마련인데, 업종·지역별로 최저임금을 동일하게 적용하는 것이 말이 되느냐"고 반문했다.

서찬동 기자

최저임금 관련 언론사 기고문.
급격한 최저임금 인상은 결국 고용 감소로 이어질 수밖에 없다.

높은 최저임금 수준을 감당하지 못해 고용감소와 더불어 서비스 수준을 낮추는 방향으로 업계가 움직이고 있다는 점을 깊게 생각해볼 필요가 있다. 비단 주유소 업계뿐만 아니라 편의점과 같은 소상공인, 자영업자가 많은 업종에서 이와 유사한 움직임을 보이고 있다.

현행 최저임금 수준을 중소기업과 소상공인이 감당하기 어렵다고 느끼는 것은 그 자체로도 높지만, 주휴수당·퇴직금·4대 보험과 같이 최저임금 시급 9,620원(23년도 최저임금) 외에도 부담해야 할 비용이 많기 때문이다. 근로자 1명을 고용하기 위해서는 최저임금을 지급하더라도 월 248만 원이 필요하다. 월 최저임금 201만 원에는 약 34만 원의 주휴수당이 포함되어 있고, 4대 보험료로 약 21만 원, 퇴직금으로 약 17만 원, 연차수당으로 약 10만 원을 추가 부담해야 한다.

특히, 1953년 근로기준법 제정 당시 도입했던 주휴수당 폐지에 대해서는 적극적인 검토가 필요하다. 당시 장시간 저임금 근로에 대한 휴일 보상을 목적으로 도입되었으나 주당 근로시간도 1953년도 48시간에서 2003년부터는 40시간으로 줄어들었고, 최저임금 수준이 높아짐에 따라 그 의미가 많이 퇴색한 상황이다. 현장에서는 일하지 않는 시간에 대한 주휴수당 지급 의무를

최저임금위원회 위원 위촉.
거의 모든 대한민국 국민의 삶과 연관된 최저임금을 결정하는 자리의
무거움을 새삼 깨닫는다.

불합리하게 인식하고 있기도 하다.

이렇게 주휴수당을 포함한 높은 인건비 부담을 줄이기 위해 초단시간 근로자(15시간 미만) 위주로 고용을 확대하는 부작용이 나타나고 있다. 실제로 2022년 기준 초단시간 근로자는 158만 명으로 역대 최대였고, 최저임금에 취약한 도소매, 숙박음식점업의 경우 전체 고용이 줄었던 코로나 팬데믹 기간에도 초단시간 근로자는 증가하는 모습을 보였다. 결국 최저임금의 인상이 취약계층의 생계 보장이 아니라 오히려 위협하는 결과를 낳았다.

최저임금은 사실상 모든 중소기업과 소상공인에 영향을 미친다. 최저임금 수준의 종사자가 없더라도, 높아진 최저임금 수준은 사실상 시장의 '기준임금'으로 활용되고 있다. 최근 중소기업중앙회 조사에 따르면 중소기업의 임금 인상률 결정에 최저임금 인상률이 주된 요인이라고 응답한 비율을 무려 59.7%에 달하였다. 최저임금의 인상은 저임금 근로자뿐만 아니라 중소기업 전반의 인건비를 상승시키는 결과로 돌아온다.

인건비의 상승은 고용에 부정적이다. 중소기업중앙회 조사에 따르면 2024년 최저임금이 고율 인상하는 경우 68.6%의 중소기업이 신규 채용을 줄이거나 기존 인력을 감원하겠다고 응답했다. 당연한 결과다.

결국 고용 감소와 같은 부작용을 최소화하기 위해서는 기업의 지불 능력, 그중에서도 중소기업·소상공인의 지불 능력을 감안한 최저임금이 결정되어야 한다. 받는 근로자뿐만 아니라 주는 기업의 상황도 고려하여야 한다는 지극히 상식적인 이야기다. 그러나 그동안의 최저임금 결정은 최저임금법에 명시된 기준인 '유사근로자의 임금, 노동생산성 및 소득분배율 등'으로 이루어져, 기업의 지불 능력이나 경제 상황은 고려되기 어려웠다. 조속한 법 개정과 최저임금 심의과정에 기업의 지불 능력이 적극 반영되어야 한다.

요즘은 어딜 가도 키오스크를 쉽게 볼 수 있다. 키오스크를 잘 활용하지 못하는 노년층에 대한 내용을 언론에서 자주 접하기도 한다. 이는 키오스크와 같은 자동화의 추진이 제조업에서는 생산성 향상과 비용 절감이었다면 서비스업의 경우 인건비 절감을 목적으로 시작되었고 급격한 최저임금 인상으로 이를 가속화하였기 때문이다. 생존을 위해 고객 편의를 일부 포기하더라도 인건비와 키오스크 등 자동화 기기의 도입·유지 비용을 비교하여 도입을 결정하는 사례가 주변에 점점 많아지고 있다. 앞으로 최저임금의 인상에 의한 인건비 증가로 자동화 추진은 더욱 빠르게 진행될 것으로 예상한다. 실제로 국내 민간 분야 키오스크는 2019년 8,587대에서 2021년 26,574대로 3.1배 증가하여 많은 수의 근로자를 대체하고 있다.

제조업의 경우 스마트공장과 같이 자동화를 추진하더라도 기계의 상시적인 유지·관리 업무 등 새로운 고용 효과가 발생하여 일자리가 크게 감소하지 않을 것으로 보지만, 서비스업의 키오스크나 로봇의 도입은 인건비 감소에 목적이 있기 때문에 고용에 영향이 클 것으로 예상된다. 최저임금 인상의 효과가 업종에 따라 다르게 나타날 수 있다는 의미다.

사람도 각각 개성을 가진 것처럼 기업도 업종별로 상당히 다른 특성을 가진다. 예컨대 중소기업의 실적을 대표할 수 있는 영업이익률의 경우 전기·가스업종은 14.58%나 되나, 숙박음식점업은 -4.39%로 오히려 적자를 보고 있는 상황이다.

임금 수준도 전기·가스의 경우 월평균 임금 총액이 874만 원 수준이나 숙박음식점업은 204만 원에 불과하여 4배 이상 차이가 나고 있다. 다른 업종들도 크고 작은 차이가 있을 뿐 업종별로 처해 있는 상황이나 경영 활동이 매우 다름을 알 수 있다.

그럼에도 불구하고 단일한 최저임금을 적용하다 보니 여러 부작용이 나타나고 있다. 기업의 지불 능력이 부족한 농림어업이나 숙박음식점업의 경우 10명 중 3명 이상이 최저임금을 제대로 지급받지 못하는 상황에까지 이르고 있다. 최저임금을 취약한 업종이 수용할 수 있는 수준으로 낮추는 것이 어렵다면, 업종별 구분 적용을 서둘러 도입할 필요가 있다.

그러나 안타깝게도 업종별 구분 적용은 그 필요성과 중요성에 비해서 그간 제대로 논의되지 못하였다. 어떤 업종이 다른 업종에 비해 경영 상황이 어렵다거나 기업이 영세하다 정도는 대부분이 알고 있음에도 '낙인효과'가 우려된다 하여 반대하거나, 나아가 "최저임금을 지급하지 못하는 사양산업은 구조조정이 필요하다."라는 기업 하는 입장에서는 납득할 수 없는 주장도 있었다. 찬성과 반대 모두 명분과 근거 자료 없는 예측에 의해 주장을 펼치다 보니 서로의 주장 끝에 표결로 부결되곤 했었다.

업종별 구분 적용과 관련해서는 두 가지를 제안하고 싶다. 먼저, 통계 시스템의 구축이다. 업종별 구분 적용을 위한 통계는 국세 정보나 세세 분류까지 포함된 자료가 있어야 하나 이는 제공되고 있지 않다.

최저임금 동결 촉구 기자회견. 최저임금 만 원은 소상공인에게는 심리적
마지노선과 같다. 그 선이 무너지면 소상공인의 삶도 함께 무너질 수밖에 없다.

최저임금법 제24조(정부의 지원)에도 정부는 근로자와 사용자에게 최저임금제도를 원활하게 실시하는 데에 필요한 자료를 제공하거나 그 밖에 필요한 지원을 하도록 최대한 노력하여야 한다고 규정하고 있다. 정확한 통계 위에서 노사의 논의가 진행될 수 있도록 구분 적용에 대한 통계 마련이 필요하다.

다음으로 시범 적용을 통한 효과 분석과 개선 사항 도출이 필요하다. 예컨대 숙박음식점업의 경우 영업이익률, 고용, 임금 수준 등 많은 지표에서 다른 업종에 비해 현재 최저임금 수준을 수용하기 어려운 것으로 보인다. 동 업종을 대상으로 시범 운영을 통해 대분류, 중분류 등 업종의 범위를 정하고, 고용 변화, 낙인 효과 유무 등 다양한 분석을 통해 실효적인 제도 설계가 가능할 것으로 생각된다.

최저임금 결정 주기도 개선해야 한다. 우리는 매년 최저임금 수준을 결정하고 있다. 현행 제도하에서는 새로운 최저임금 시행 6개월 만에 다음 연도 최저임금을 결정해야 해, 최저임금에 의해 조정된 시장 임금 수준이 노동시장이나 경제 전반에 미친 영향을 파악하지 못한 채 심의를 할 수밖에 없다. 아울러, 과거 눈부신 경제성장을 하던 시기에는 체감이 바로 될 정도로 경제가 역동적으로 움직였고 경제 지표도 크게 바뀌었다. 하지만 저성장이 고착화되고 있고 물가 변동도 과거에 비해 안정화되고 있다. 이러한 상황에서 사회적 갈등이나 최저임금의 정치화 등 사회적 비용으로 고려한다면 2년 주기로 최저임금을 결정하는 것에 대해서도 고민이 필요하다. 최근과 같은 물가 변동이 우려된다면 벨기에, 프랑스와 같이 특정 조건인 경우 자동·수시 갱신하는 제도 보완도 가능할 것이라 생각한다.

우리의 최저임금 결정 체계는 기본적으로 노·사·공의 합의에 의해 이루어진다. 그동안 안타깝고 아쉬운 결과도 많았지만, 노·사 모두가 서로 양보하고 합리적으로 논의하여 경제적 약자인 근로자와 영세 중소기업·소상공인 모두가 납득할 수 있는 수준과 구분 적용이 이루어지길 기대한다.

노벨 경제학상을 수상한 아비지트 배너지·에스테르 뒤플로 부부는 저서 《힘든 시대를 위한 좋은 경제학》에서 "수세대에 걸쳐 경제학자들이 매우 진지하게 노력을 기울였음에도 경제성장의 근본 메커니즘이 무엇인지는 여전히 모호하다. 누구도 부유한 나라에서 성장이 다시 시작될지, 그 가능성을 높이려면 무엇을 해야 할지 알지 못한다."라고 썼다.

그만큼 경제라는 것이 매우 어렵고, 다차원적으로 고려해야 할 변수도 너무 많아 이론대로만 움직이는 것이 아니라는 뜻일 것이다. 다만, 어떠한 경제 정책을 마련하고 집행함에 있어 정부나 어느 일방의 뜻을 관철시키려고만 한다면, 그 정책의 결말은 보지 않아도 뻔하지 않을까. 특히나 최저임금과 같이 국민 생활에 밀접한 경제 정책을 추진함에 있어서는 모든 국민을 하나하나 만족시킬 수는 없더라도 사회적 합의를 거쳐 국민 대다수가 고개를 끄덕일 만한 정책이 추진되어야 할 것이다.

2024년도 최저임금은 23년보다 2.5% 인상된 9,860원으로 결정되었다. 심의 기간은 110일로 역대 최장기간이었다고 한다. 최저임금위원회 사용자위원으로서는 역대 두 번째로 낮은 인상률이라는 성과를 낸 것이기도 하다. 너무 낮다는 사람은 말할 것도 없고, 너무 높다고 불평하는 사람도 분명 있을 것이다. 모두를 만족시키는 최저임금을 결정하는 것은 사실 불가능의 영역이다. 다만, 모두가 납득할 만한 최저임금을 결정하는 것은 그나마 가능의 영역에 있지 않을까? 그러나, 지금의 방식으로는 여전히 모두가 납득하는 최저임금 결정은 불가능의 영역에 머물러 있을 것이다.

규제 완화와
공직사회 복지부동

소위 '주류 경제학'으로 불리는 신고전파 경제학에 따르면, 경제성장은 물건이나 서비스를 생산해서 공급할 수 있는 능력(공급 역량)에 달려 있다. 즉 일할 수 있는 인구가 늘어나고, 기업가가 쉽게 노동자를 고용해서 이익을 추구할 수 있어야 한다. 이에 더해 기술혁신으로 생산성을 높이면 경제가 성장하게 된다.

　　일시적으로 수요(소비)가 부족하더라도 큰 문제는 없다. 시장경제가 잘 작동하면, 생산성이 낮거나 사회적으로 그다지 필요하지 않은 상품 생산 기업이 퇴출되어 공급이 줄어들 것이다. 그러나 퇴출된 자원은 다시 효율적 생산 부문으로 흘러가 공급과 수요를 재조정한다. 이처럼 경제가 장기적으로는 '보이지 않는 손'에 의해 균형에 도달하게 되므로, 정부는 쓸데없이 개입하기보다 '공급 측면'이 잘 돌아가게 하기 위한 법·제도를 시행해야 한다고 주장한다. 그래서 시장경제 체제(그 성격이 자유주의에 가깝든 사회주의에 가깝든)를 채택하고 있는 모든 국가는 경제활동에 규제를 두고 있다.

규제는 정부나 다른 권위 있는 기관에 의해 설정되고 시행되는 규칙, 규범, 정책의 집합이다. 이 규제는 사회, 경제, 환경 등 다양한 분야에서 적용될 수 있으며, 일반적으로 공공의 이익을 보호하고 사회적 통제를 제공하기 위해 사용된다. 따라서, 현대사회를 운영하는 데 있어서 규제는 어쩌면 반드시 필요한 것이라고도 할 수 있다.

규제는 몇 가지 주요 목표를 가지고 있다. 첫째, 시장의 안정성과 공정성을 유지하고 경제적인 자유를 제한함으로써 경제적 불균형과 부당한 경쟁을 방지한다. 이를 통해 소비자와 기업의 권리와 이익을 보호하고, 시장의 효율성을 개선하려고 한다. 둘째, 규제는 사회적 목표를 달성하기 위해 사용된다. 예를 들어, 환경 규제는 자연환경의 보호와 지속 가능한 개발을 위해 사용되고 또한, 건강과 안전을 보장하기 위해 의료 및 제약품 규제, 국민 생명과 안전을 지키기 위한 각종 소방, 안전 규제가 있다.

규제는 사회적 이익을 위해 필요하지만, 때로는 비용과 혼란을 초래할 수도 있다. 비용 부담, 지나친 규제, 혁신 억제 등의 부작용이 발생할 수 있으며, 이러한 측면은 규제의 적절성과 균형을 유지하는 것이 중요하다는 것을 보여준다. 규제는 각 국가나 지역에 따라 다양한 형태로 존재하며, 경제적, 사회적, 정치적 상황에 따라 다른 목표와 원칙을 가진다. 이러한 이유로 규제는 항상 특정 맥락과 상황에서 이해되고 분석되어야 한다.

최근 정권이 바뀔 때마다, 규제 완화는 중요한 화두로 제시되고 있다. 특히, 이명박 정부의 전봇대, 박근혜 정부의 손톱 및 가시와 같이 규제 완화를 상징하는 여러 사건과 표현들을 많이 들어보았을 것이다.

어떤 측면에서 규제 완화는 필요한 것일까. 우선 과도한 규제 측면이 있다. 너무 많은 규제가 산업 또는 경제에 부담을 주고 혁신과 경쟁을 억제할 수 있다. 이는 기업의 성장과 경쟁력을 저하시키고 소비자에게 제한된 선택권을 줄 수 있다. 비효율적인 규제도 문제가 된다. 일부 규제는 목표 달성을 위해 비효율적인 방식으로 설계되거나 구현될 수 있다. 이는 자원의 낭비를 초래하고 경제적인 비용을 증가시킬 수 있다. 규제가 모호하거나 해석하기 어려운 불명확한 규제의 경우, 이해관계자들은 규제 준수에 어려움을 겪을 수 있다. 이는 혼란과 불확실성을 초래하고 합법적인 비용을 증가시킬 수 있다.

규제니 규제 완화니 토의에서 매번 가장 아쉬움을 느끼는 부분이 있다. 얼마 전 메가 히트한 영화 곡성의 유명 대사를 빌려

정부서울청사 앞 기자회견.
정부 규제에 대한 업계의 목소리가 전달되기에는 정부 청사가 멀고 높았다.

이야기하자면, "뭣이 중헌디?"

중요한 것은 이 규제를 시행하고, 혹은 규제를 완화해 주는 역할을 하는, 바로 공직사회 행태이다.

복지부동 공무원[3*]. 소극적으로 일하고 규정에 얽매여 있으며, 대화와 의견 수렴을 거부하며, 때로 일을 안 하는 것처럼 비치는 공무원 집단의 현상을 지적하는 해묵은 표현이며 공무원들이 가장 듣기 싫어하는 말 중 하나다. 공무원 대부분은 '복지부동'에 대해 구성원 일부의 문제를 전체로 확장하여 매도하는 악의적 프레임으로 생각한다. 많은 공무원들은 억울할 수 있겠지만, 짧지 않은 시간을 살아오면서 겪어온 대부분의 공무원은 복지부동이라는 표현이 결코 과하지 않았다고 생각한다.

주유소에 적용되는 대표적인 규제 중에 '거래상황기록부 보고 제도'라는 것이 있다. 여느 소매업 종사자들이 안다면 까무러칠 만한 규제인데, 매주 주유소의 판매량, 입고량을 정부에 보고하는 규제이다. 이것도 원래는 매월 한 번만 보고하면 되었던 것을 2014년부터 매주 보고하는 것으로 오히려 규제를 강화했다. 전

3* 여기서 공무원은 정부를 비롯해 공공기관, 공기업 등 공공부문에 종사하는 분들을 총칭.

봇대도 뽑고, 손톱 밑 가시를 뽑아버리겠다고 공언한 이명박, 박근혜 정부 시절에 말이다.

주유소를 비롯한 석유 관련 사업을 관장하는 「석유및석유대체연료사업법」은 주유소들에게 자신들의 입고량, 판매량을 일일이 보고하라고 규제하는 목적을 '100% 원유를 수입해서 사용하는 국가적 한계와 분단 상황으로 언제 전쟁이 벌어질지 모르는 상황에서 최중요 자원인 석유제품에 대한 정확한 통계를 바탕으로 수급 계획 등에 반영하기 위함'이라고 규정하고 있다.

아마도 선배라고 할 수 있는 당시 주유소 운영자들도 국가를 위해 그 정도 규제는 충분히 감내하자는 공감대가 있었으리라 추측한다. 규제 강화 이전까지도 1%도 안 되는 숫자의 주유소만 제외하고 매우 성실히 보고 의무를 수행해 왔기 때문이다. 그런데 갑자기 정부가 규제를 강화하고 나선 이유는 무엇이었을까?

고유가가 지속되면서 정부는 알뜰주유소라고 하는 전례가 없는 괴상한 유가 정책을 내놓으면서, 동시에 고유가로 인해 늘어난 가짜 석유 단속 강화에 나섰다. 가짜 석유제품은 정상 석유제품에 다른 석유제품이나 석유화학제품 등을 혼합하여 차량이나 기계의 연료로 사용할 목적으로 제조한 연료를 말한다. 휘발유

가짜 석유 근절 세미나. 정부와 함께 가짜 석유 근절에 힘써 왔지만
정부는 주유소를 세금 도둑으로 취급했다.

에 값싼 신나나 용제 등을 섞는다든지, 경유에 등유를 섞는 것이 대표적이다. 당시는 가짜 휘발유의 경우 원료가 되는 용제의 유통을 강력하게 통제하여 거의 근절된 상황이었고, 문제는 가짜 경유였다. 가짜 경유는 경유에 등유를 섞는 방식이기 때문에 제조도 쉬울뿐더러 원료가 되는 경유와 등유가 모두 정상 석유제품이라 단속에 어려움이 있는 것도 사실이다. 결국 정부가 가짜 경유 근절을 위해 꺼내든 정책이 주유소의 거래상황기록부 보고 규제를 강화하는 것이었다.

일견 타당하고 필요해 보이는 규제처럼 보이지만, 이는 공무원의 복지부동, 탁상행정의 전형이었다. 규제 입법 당시 주유소협회 회장이었던 터라, 당연히 정부에 항의하고 입법 절차상의 의견 수렴 기회를 활용하여 업계의 반대 의견도 충분히 전달하고자 노력했다.

앞서 말한, 과도하고 비효율적인 규제였기 때문이다. 가짜 휘발유 근절이 원료가 되는 용제에 대한 통제를 통해 이뤄진 것처럼, 가짜 경유도 원료가 되는 등유만을 통제하면 될 일이었다. 등유는 차량용 연료가 아닌 난방용 연료다. 당연히 겨울철에만 수요가 발생하고, 하우스 재배 농가와 같이 한정적인 곳에서만 사계절 사용한다.

즉, 겨울이 아닌데도 불구하고 판매가 많다거나, 등유가 필요하지 않은 수요처에 판매가 되는 경우를 단속한다면 당연히 가짜 경유도 줄어들 수밖에 없을 것이다.

더욱이, 가짜 석유는 주유소에서 경유와 등유를 따로 구매해서 본인 차에 섞는 경우나 주유소가 몰래 섞어서 판매하는 것이 아닌, 운전자의 요청으로 섞어서 판매하는 경우도 다반사였기 때문에 음주운전과 같이 노상 불시 단속하는 방식이 더욱 효과적이었다. 그럼에도 불구하고 모든 주유소의 모든 유종에 대해, 그것도 통계 작성이라는 입법 목적을 무시하면서 보고 의무를 강화한다는 것은 과도하고 비효율적인 규제임이 분명할 것이다.

그러나 대화와 협상으로 문제를 풀어가고자 했던 의도는 무산되었다. 정부는 주유소 업계가 가짜 석유 제조 판매의 주범이자, 나라의 세금을 도둑질하는 강도 집단이라고 생각했다. 심지어 주유소협회장까지도! 당시 면전에서 당한 모욕과 치욕은 아직도 잊히지 않을 정도이다.

가짜 석유는 주유소 업계 내부에서 암적인, 반드시 근절해야 할 최대 숙원 과제였고, 얼마 전까지만 해도 정부와 함께 가짜 석유 근절 캠페인, 정책 토론회를 함께 개최하였음에도 정부 정책에 반대한다는 이유만으로 한순간에 악의 축이 되어버렸다.

국회를 비롯해 다른 정부 부처 규제개혁위원회 등 모든 만날 수 있는 사람은 다 만나 보았지만, 보고 강화 규제가 가장 효과적이라는 생각을 바꿀 수 없었다. 결국, 거리로 나가 집회를 하고, 정부 청사 앞에서 1인시위도 하고, 급기야 주유소업계 동맹 휴업을 추진하기에 이르자 정부도 대화에 나섰다. 그러나 결과는 바뀌지 않았고, 당시 모친은 아들이 1인시위에 나섰다는 소식을 뉴스로 접하고 혼절하시어 지금까지도 사경을 헤매고 계신다.

아마도 당신 아들이 학창 시절 학생운동에 연루될까 노심초사로 하루하루 보내던 당시의 불안이 트라우마가 되어 다시 떠오르셨으리라. 당시 정부와의 협상 테이블에 앉았을 때 거래상황기획부 보고 규제 업무를 총괄했던 정부 측 담당 인사의 한마디가 스치고 지나간다.

"우리는 편하게 앉아서 일하면 안 됩니까?" 이것은 결국 그들(공무원)이 조금 편하게 일하고자 우리(주유소)를 괴롭게 하겠다는 자백과도 같았다.

공무원들의 복지부동(伏地不動)이란 말은 원래 군대용어지만 이 말이 널리 쓰이게 된 것은 김영삼 정부 때 1993년 6월 언론에 처음 등장했다고 한다. 복지부동은 야간에 조명탄이 터졌을

정부의 시장개입과 과도한 규제로
주유소업계 다 죽는다

주유소 생존권
사수를 위한
1인시위 1 일차

세월호 희생자의
명복을 빕니다

정부는 지금껏 우리 주유소업계에
경쟁만을 강요해 왔다.
그 결과, 주유소 영업이익율은
0.43%로 악화되었다.
떨어지는 매출이익에 신용카드수수료 인하를
수없이 외쳐봤지만 번번히 외면당해 왔다.
그럼에도 정부는 과도한 시장개입을 통해
대형마트, 농협 등 대기업의 주유소 진출을
부추기고, 알뜰주유소 지원 정책과
가격경쟁만 부추기는 정책으로
주유소를 사지로 몰아넣고 있다.
더욱이, 정부는 주유소를 가짜석유 취급집단으로
몰아가며 거래상황기록부를 매주 보고하라는
규제를 만들어내기에 이르렀다.

주유소업계 생존을 위해
다음 사항을 강력히 촉구한다!

거래상황기록부 주간보고 철회하라!

정부는 불공정한 시장개입 중단하라!

신용카드 가맹점 수수료율 인하하라!

지역경제 말살하는 마트주유소 중단하라!

삼성토탈 특혜 알뜰정책 중단하라!

소신없는 공무원은 물러나라!
진실을 파악 못하는 장관은 사퇴하라!

(사)한국주유소업회

91%의 주유소가 부정적인
거래상황기록부 주간보고 철회하라!

정부서울청사 앞 1인시위. 할 수 있는 모든 방법을 총동원했지만, 정부는 바뀌지
않았고, 얻은 것은 어머니께 불효하는 자식의 슬픔뿐이었다.

때 적에게 노출되지 않도록 '엎드려 꼼짝 말라'는 군대 구령을 공직사회의 무사안일과 보신주의에 비유한 것이다. 여기서 파생된 게 '엎드려 눈만 굴린다는 복지안동(眼動)', '낙지처럼 펄 속에 숨는다는 낙지부동'이다.

공무원들은 법에 의해 신분이 보장돼 거센 외풍이 불면 몸부터 사린다. 일종의 자기 보호본능 때문이다. 이런 복지부동 공무원을 일사불란하게 움직이게 만드는 게 리더의 역할이다. 공무원들은 국가 발전과 국민을 위해 소신껏 일하다가 혹 잘못돼도 장관이 질책보다 바람막이가 되어 준다면 복지부동보다 사심 없이 자기의 사명을 다할 수 있을 것이다. 그러나 이런 안전장치 기대가 허물어질 경우 공무원은 복지부동을 넘어 복지안동, 낙지부동도 마다하지 않게 되는 것이다.

사실 따지고 보면, 규제라던가 공무원의 복지부동과 같은 공직사회의 행태가 그들이 문제가 있어서, 그들이 잘못해서라고 말하고자 하는 것은 아니다. 많게는 대한민국 국민 5천만 전부, 작게는 관련 업무 종사자 수만을 책임져야 하는 자리의 무게감과 혹시라도 잘못되었을 때 발생할 수 있는 피해 규모의 어마어마함이 그들을 움직이지 못하게(복지부동) 하고 있다는 것이 오히려 타당한 생각일 것이다.

법률소비자연맹 국정감사 모니터단 위촉.
공무원에 대한 국회의 감시 기능은 반드시 필요한 것이지만, 공직사회를
위축시키는 과도한 질책과 창피 주기식 질의는 오히려
국민들에게 독이 될 뿐이다.

공무원들의 행정 추진 책임 보호 제도를 현실화시키고, 더 나아가 국가적으로 적극적인 행정이 기여하는 부의 창출 효과에 대한 보상이 승진 고과 등 구체적 형태로 돌아와야만 혁신은 추진될 수 있을 것이다. 애매한 업무 추진 실적 한 줄에 이름을 올리는 정도로 많은 관련 공무원 공직사회 종사자들의 호응을 기대하는 것은, 과거 유교 선비 정신 수준의 선의와 이타적 희생에 대한 기대일 것이다.

실제 문재인 정부 시절 공직사회의 주요 이슈는 '적극 행정'이었다. 복지부동한다는 부정적인 공무원 이미지에서 벗어나 적극적으로 열심히 일하는 공직문화를 정착시키자는 취지였다. 이낙연 당시 국무총리도 "공무원의 이미지 가운데는 무사안일이나 복지부동 같은 것이 늘 포함되기 때문에 국민의 그런 인식이 바뀔 때까지 공직사회가 계속 노력해야 한다."라고 강조하기도 했다.

공직사회에 자극을 줘 변화를 유도하기 위해 정부가 꺼낸 카드는 '적극 행정'을 장려하는 것이었다. '적극 행정'을 하는 공무원을 골라 상을 주고 '적극 행정'을 펼치는 과정에서 실수나 잘못이 생기더라도 책임을 면해주기로 했다. 이를 위해 '적극 행정'을 장려하는 '운영규정'을 만들고 정부 부처별로, 또 지방자

이원욱 국회의원 주유소 현장 방문.
주유기 허용 오차에 대한 규제 강화는 현장에 직접 참여한 적극 행정 덕분이었다.

치단체별로 '적극 행정 실천 다짐 대회'를 열기도 했다. 과연 공직사회가 어느 정도 바뀌었을까.

이런 노력이 일선 현장에서는 어떻게 받아들여지고 있는지 인사혁신처가 국민과 공무원을 대상으로 벌인 설문 조사에서는 '적극 행정' 분야에서 개선이 이뤄졌다는 긍정적인 평가는 절반에 미치지 못했다. 공무원을 대상으로 한 조사에서는 개선이 이뤄졌다는 긍정 답변은 국민 평가보다 낮은 47%에 그쳤다.

국민과 공무원 모두 '적극 행정'의 변화를 체감하지 못하고 있는 셈이다. 아직은 가시적인 성과가 뚜렷하게 나타나지 않은 것은 사실이지만 변화를 시도하는 것은 분명 긍정적이고, 실패가 용인되고 실패가 자산이 되는 공직문화를 만들기 위한 변화와 노력은 계속되어야 한다.

공직사회의 변화와 함께 규제를 완화하는 방법은 다양한 전략과 접근 방식을 활용할 수 있다. 기존 규제를 평가하고 필요한 개선 사항을 식별하여 규제를 보다 효율적이고 효과적으로 운영할 수 있도록 만드는 과정이 선행되어야 한다. 이를 위해 규제 영향 평가를 적극 활용할 필요가 있다. 복잡한 규제 체계를 단순화하고 단순한 규제 원칙과 절차를 도입하여 규제 비용을 줄이고 기업 및 개인의 활동에 대한 유연성을 높이려는 노력도 필요하다.

 가장 중요한 것은 규제 개발 및 개선 과정에서 이해관계자들의 참여와 의견 수렴을 촉진하는 것이다. 이는 규제의 투명성과 적절성을 높일 수 있으며, 규제의 적용이 공정하고 상호 이익을 고려하는 방향으로 나아갈 수 있도록 돕는다.

 그간 우리나라는 규제가 경제에 부정적 영향을 미친다는 전제 하에 김영삼 정부부터 윤석열 정부에 이르기까지 중앙정부 주도 하에 규제개혁을 추진하였다. 그 결과 규제 수량 측면에서 어느 정도 목표를 달성하였다고 평가할 수 있겠지만, 아직도 규제개혁의 효과는 미비하고 기업과 국민은 더 많은 규제를 개혁해 줄 것을 요구하고 있다. 이는 규제를 왜 개선해야 하는가에 대한 인식의 공유 없이 즉흥적이고 형식적인 규제개혁을 진행해 왔기 때문으로 풀이된다.

 규제를 담당하는 주무부처와 공무원은 핵심 규제보다는 효과가 크지 않더라도 고치기가 용이한 규제를 중심으로 개혁을 추진하고, 때에 따라서는 폐지한 규제를 다시 살리기도 하는 등 실적 중심의 보여주기식 규제개혁을 진행해 왔기 때문이기도 할 것이다. 규제에 관한 이론적 연구는 규제가 경제성장을 촉진시

키거나, 반대로 부정적인 영향을 미치거나 혹은 별다른 영향을 미치지 않는다고 주장한다. 정부 부처나 규제 담당 공무원들의 인식 전환이나 공감대를 형성하는 데 한계가 있었다.

"규제개혁은 타이밍이다. 적정 시기에 맞춰 규제가 개선되어야 그 효과가 극대화될 수 있으며 국민의 체감도도 높아질 수 있다(김현종, 2014)."

기업이 도산하고 관련 산업이 쇠퇴한 후에 규제를 개선해 봤자 아무런 실익이 없다. 실무자로서 실제로 규제가 개선되었음을 민원 기업에 알리려 할 때 이미 해당 규제로 기업이 부도한 경우도 심심찮게 발견하곤 한다. 따라서 규제 담당 공무원의 규제개혁 의식 고취는 규제개혁 자체의 효과뿐만 아니라 기업의 생존과 직결된다고 볼 수 있다.

드라마 대장금에도 나왔던 파라켈수스의 명언인 "세상의 모든 약은 독이고 약과 독의 차이를 결정하는 것은 그 사용량일 뿐이다."라는 말처럼, 적절한 규제는 사회의 안전과 발전에 약과 같은 존재가 되지만, 과하거나 비효율적인 규제는 오히려 사회 발전을 가로막는 독이 될 수 있다. 그간의 관(官) 중심, 규제와 통제 지향형의 공무원 인식과 행태를 국민 중심·고객 중심의 창의 행

우수지방자치단체 발굴을 위한 지방자치 모니터단 출범.
적극 행정은 철저한 감시보다 공직사회 사기 진작과 응원에서 나온다.

정·적극 행정으로 변화시킬 수 있는 공직문화를 조성해 나가는 일은 더 지체할 수 없는 과제임이 분명하다.

저출산 고령화

■ ■ ■

"아기 울음소리가 들리지 않는다."

진부한 표현이지만, 이것만큼 최근의 저출산 문제를 정확하게, 심각하게 표현할 수 있는 말은 없다고 생각된다. 최근에는 이를 넘어서, 결혼식 때 들리는 결혼행진곡 노랫소리도 들리지 않는다는 표현까지 나올 정도로, 저출산에 이어 결혼하는 젊은 이 수도 급격하게 줄고 있다고 한다.

아이러니하게도, 우리 집은 아이들 울음소리로 가득하다. 슬하에 두고 있는 두 딸 중에 큰 딸아이는 시집가서 아이를 셋이나 낳았고, 안사람이 육아를 도와주고 있다. 요즘 시대에 애국자다. 주유소협회 회장으로 있을 때 같이 근무했던 직원도 아이가 셋이다. 얼마 전에 전화 통화를 하니 그 집도 아이 울음소리가 전화기를 뚫고 들려온다. 이 상반된 상황을 어떻게 이해해야 할까?

사랑스러운 손주들. 삼 남매다. 마냥 이쁜 손주들이지만, 솔직히 육아에 고생하는
모습을 보면 아이 많이 낳으라는 말을 하는 것이 정말 어렵다.

우리나라의 합계출산율[4*]은 지난해인 2022년 역대 최저치인 0.78명을 기록한 데 이어, 올해 2023년 0.73명, 내년 2024년 0.7명으로 계속 하락할 것으로 전망된다. 우리나라는 2013년 이래 OECD 회원국 중 가장 낮은 합계출산율을 기록하고 있으며, 2018년 이후 유일하게 합계출산율이 1.0 미만인 국가다.

　우리나라는 2005년 「저출산·고령사회기본법」을 제정하고 이후 오랫동안 저출산 문제의 해결을 위해 노력해 왔으나, 저출산 현상은 더욱 악화되며 학령인구와 병역자원 부족, 생산연령인구 감소, 지역소멸 가속화 등 경제·사회 전반에 광범위한 영향을 미치고 있다.

　사실, 저출산 현상은 선진국으로 진입하는 모든 국가에서 나타나는 보편적인 현상이다. 우리나라가 OECD 국가 중에서 가장 낮은 출산율을 기록하고 있는 상황에서 더욱 문제가 되는 것은 다른 선진국이 100여 년 사이에 걸쳐 겪었던 출산율 하락의 문제가 단지 20년 만에 발생했다는 데 있다.

　반면, 비혼 증가와 저출산 심화가 그렇게 큰 사회적 문제는 아

4*　가임기인 15~49세 여성 1명이 가임기간 동안 낳을 것으로 예상되는 평균 출생아 수.

니라는 시각도 있다. 대표적으로 노무현 정부 시절 보건복지부 장관을 역임했던 유시민 전 노무현재단 이사장이다. 그는 결혼과 출산은 개인의 선택의 문제일 뿐이고, 많은 이들이 출산을 선택하지 않는 것은 자연스러운 현상이며, 전 지구적 차원에서도 너무 많은 인구가 오히려 문제이기 때문에 저출산이 바람직하지만, 우리나라의 경우 저출산이 너무 급격하게 진행되다 보니 사회가 적응할 시간이 없다는 게 문제일 뿐이라고 주장한다.

문득, 유시민 전 이사장이 모 방송에 출연해 주장한 내용에 대해 독자들의 생각은 어떨까 궁금하다. 실제로 같이 방송에 출연한 출연진들은 굉장히 수긍하는 듯한 모습으로 비치기도 했다. 일견 일리가 있는 주장이라고 생각한다. 아니, 오히려 너무 당연한 이야기를 하는 것처럼 보인다. 그의 말대로 결혼은 헌법이 정하고 있는 의무가 아니며, 출산 역시 마찬가지이기에 결혼하고 안 하고, 아이를 낳고 안 낳고는 전적으로 개인의 자유이다. 따라서, 결혼하지 않고, 출산하지 않는 이들을 비난해서는 안 된다.

문제는 그들의 자유로운 선택이 실제로 '자유로운 선택'인가에 있다. 너무 결혼하고 싶고 아이도 갖고 싶지만, 경제적 형편이 어려워서 하지 못하는 이들은, 그들의 비혼·미출산을 개인의 자유로운 선택이라고 말할 수 있을까?

또 다른 문제는 저출산의 이면, 고령화의 문제다. 유시민 전 이사장은 이 문제에 대해서도 고령자들이 자신의 노후를 스스로 책임질 수 있도록 미리 준비해야 한다고 주장하며, 이 역시 개인의 문제로 치부해 버렸다. 역시 당연하고 타당한 말이다.

다만, 이 주장의 뒷면엔, 그럼 스스로 노후를 준비하지 못한 고령자들은 젊은 세대에 부담 주지 말고 스스로 죽음을 선택하라는 섬뜩한 의미가 담겨있는 것은 아닐까.

한국개발연구원(KDI) 국제정책대학원이 지난 2022년 6월 만 24~49세 미혼 834명(남성 458명 여성 376명)을 조사한 결과, 의외로 결혼·출산에 대한 청년들의 인식은 긍정적이었다. 미혼 남성의 65.7%, 미혼 여성의 47.3%가 '결혼을 하고 싶다'고 답했고, 연애 중인 경우에는 남성 74.3%, 여성 66.2%가 결혼을 원했다. 미혼 청년들이 생각하는 '이상 자녀 수' 역시 평균 1.96명으로 2명에 가까웠다.

결국, 비혼과 저출산의 증가는 개인의 선택에 따른 결과이지만, 그 개인의 선택은 결코 자유로운 개인의 의지가 아닌 사회·경제적 문제에 기반한 강요받은 선택일 수 있다는 것이다.

저출산이 문제가 아니라는 주장에 대해 가장 동의할 수 없는 부분 중 하나는 자연스러운 인구 감소가 국가적으로 더 바람직하다는 것이다. 저출산은 필연적으로 인구 감소를 동반하고, 인구 감소와 함께 노동 인구 감소, 사회 보편적인 복지 제공에 어려움을 초래하며, 경제적, 사회적 문제에 영향을 미치게 된다. 인구 감소로 인해 노동 인구가 줄어들게 되면 경제적인 부담과 생산력의 저하가 발생할 수 있다. 노동 인구 감소는 기업들에게 인력 확보의 어려움을 가져오고, 사회적인 복지 제공에도 어려움을 초래할 수 있다. 특히, 노동 인력 감소는 중소기업에 더욱 치명적으로 작용할 것이다. 가뜩이나 대기업 쏠림이 심한 취업 시장에서 노동 인력마저 감소하게 되면 중소기업은 인력난이라는 표현조차 무색할 정도의 상황이 발생할 것이고, 결국 문을 닫는 중소기업이 속출할 것으로 예상된다.

결국, 인구 감소는 경제적 안정성을 위협할 수 있다. 인구 감소로 인해 소비와 투자가 축소되고, 사회 보편적인 복지를 제공하기 위한 재정 부담이 증가할 수 있으며, 사회적인 변화를 초래하고, 고령화 사회의 사회적 안정성에도 영향을 미칠 수 있다.

인구 감소는 가족 구조와 사회 구조에도 영향을 미칠 수 있다. 가족 구조의 변화로 인해 가족 단위의 지원과 유대 관계가 약화

중소기업 노동인력특별위원회 출범.
인구는 노동력과 직결되는 문제로 인구 감소는 결코 좌시할 수 없는 중요한
문제이다.

될 수 있으며, 사회적인 유대와 결속력을 감소시킬 수 있다. 그 뿐만 아니라, 재무와 세무에도 영향을 줄 수 있다. 인구 감소로 인해 세금 수입이 줄어들게 되면 재정 문제가 발생할 수 있으며, 정부의 재정 운영에 어려움을 초래할 수 있다.

한편으로는 인구 감소가 지역 간의 균형 발전에도 영향을 미칠 수 있다. 인구가 감소하는 지역에서는 경제활동과 사회적인 활동의 기회가 제한될 수 있으며, 이로 인해 지역 간 격차가 커지는 문제가 발생할 수 있다.

일찍이 저출산을 경험한 유럽의 선진 국가들은 성평등을 기반으로 여성의 노동시장 참여율을 제고하는 한편, 부모가 아이를 직접 돌볼 수 있는 환경을 조성하는 등 일과 가정이 양립할 수 있도록 지원하는 정책을 추진함으로써 저출산 문제에 대응해 왔다. 또 다양한 가족의 형태를 포용하고 사회적 불평등을 완화하는 등 지속 가능한 발전이라는 차원에서 저출산 정책을 추진하고 있다.

그 결과 영국, 독일, 프랑스, 스웨덴 등 유럽의 대표적인 국가들은 2021년까지 1.5명 이상의 출산율을 안정적으로 유지하고 있다. 선진국들이 이러한 저출산에 적극 대응하여 출산 장려 정책과 같은 인구 부양 지원을 하는 이유는 바로 인구가 국가의 성

중소기업 노동인력위원회 위원장 위촉.
인구 감소에 다른 노동력 감소는 중소기업에게는 재앙이 될 수도 있다.

장과 유지에 있어 가장 기초적인 밑바탕이 되기 때문이다.

우리나라도 매년 수십조 원의 예산을 투입하고, 각종 캠페인 등을 통해 출산을 장려하며 저출산 문제를 해결하기 위해 노력하고 있다. 그러나, 그럼에도 불구하고 저출산 문제는 매년 악화하고 있으며 회복의 기미도 좀처럼 보이지 않고 있다. 15년간 280조를 쏟아붓고도 실효성이 없었다는 점도 충격으로 다가온다. 무엇이 문제일까?

대부분의 저출산 대책은 단기적인 출산율 증진을 목표로 하고 있다. 예를 들어, 출산 장려금 지급이나 육아 지원 정책은 출산에 직접적인 영향을 미치지만, 장기적인 출산 문제 해결을 위한 구조적인 변화를 가져오지 못할 수 있다. 단기적 처방에 집중하다 보니 문제가 문제를 낳고, 그 문제를 해결하는 과정에서 또다른 문제가 발생한다. 한마디로 요약을 하자면 국정 기조로 접근해야 될 문제를 단위 사업으로 접근했다고 할 수 있다.

우리나라 저출산 문제는 여러 가지 구조적인 문제가 겹쳐 있는 문제이다. 그런데 이것을 복지 지원 사업들로 해결하려고 했다. 대표적으로 우리나라 인구정책이라고 할 수 있는 저출산 고령사회 기본계획에는 220개 정도 사업의 리스트를 쌓아놓고 있고, 이 사업들은 모두 100% 달성했지만, 이 리스트 개별 사업으로는 구조적인 문제를 풀기 어렵다.

지금처럼 220개 사업을 쌓아놓고 관리하는 구조는 아니다. 그러면 이 문제를 기조의 문제, 구조를 해결하는 문제로 어떻게 갈 것이냐. 여기서 가장 핵심은 '거버넌스'이다. 즉, 사업들을 어떻게 관리하느냐가 아니라 정책 정부들을 어떻게 이끌 것인가, 전체 정부 부처들의 사업 운영의 지침을 어떻게 주고 어떻게 끌고 갈 것인가, 어떻게 정책 리더십을 발휘할 것인가, 여기에 대한 고민이 필요하다.

아울러, 관점의 변화 인식의 변화가 수반되어야 한다. 저출산이라는 현상에 집중하기보다 왜 개인들이 저출산을 선택하게 되었는가에 집중할 필요가 있다. 결국 답은 개인의 삶의 질을 향상시켜 주는 방향으로 가야 한다는 것이다. 내가 지금 사는 것도 너무 힘들어 죽겠는데 내 아이를 낳아서 잘 키우겠다는 생각을 할 수 있을까? 내 아이 하나 키우는 것도 너무 벅차고 힘든데, 남에게 아이 낳고 키우는 즐거움을 전달할 수 있을까?

지금 저출산 문제는 아이를 더 낳게 하는 문제, 결혼을 더 많이 시키는 문제가 아니라 청년들의 생애 과정 이행이 왜 막혔는지,

4차 산업혁명 시대 중소기업 일자리 창출 세미나.
AI 도입 등 신기술의 발전과 인구 감소에 대한 대응 방안 마련은
중소기업계 시급한 과제이다. 두 가지가 동시에 오고 있다.

이런 구조들은 어디서 나왔는지에 대한 고민이 필요하다. 그리고 이것을 정부에서는 다 해결하는 것이 아니라 청년 세대를 위해서, 미래 세대를 위해서 어떤 양보를 할 것인지, 우리 사회는 어떤 준비를 할 것인지에 대한 사회적 합의가 이뤄져야 한다.

예를 들어서 스웨덴의 '양성평등 사업' 같은 경우 그것이 진행되는 여러 가지 과정들을 보면 노조와 기업에서 타협해서 표준 임금제를 만들고 대기업은 임금을 더 받지 않겠다, 중소기업은 임금을 올리겠다, 그리고 거기에 대한 한계는 복지 체제가 해 주겠다는 사회적 합의를 만들어 내고 비로소 사회에 정착이 될 수 있었다.

저출산이라는 문제가 참으로 아이러니하다고 생각한다. 우리나라는 60년대만 해도 "덮어 놓고 낳다 보면 거지꼴을 못 면한다"라는 말이 있을 정도로 출산 억제 정책을 강조해 왔다.

그러다가 2000년대는 '아빠! 하나는 싫어요. 엄마! 저도 동생을 갖고 싶어요', '낳을수록 희망가득 기를수록 행복가득'이라는 표어로 출산을 장려했다. 이렇게 출산 정책이 들쭉날쭉한 이유는 우리나라의 경제성장이 급속도로 발전한 것에 비해 그만큼 허점이 많은 것이라 할 수 있다.

또한 우리나라 출산 정책의 가장 악영향을 미친다고 생각하는 것은 바로 유교적 사상의 잔재들이 아직도 많이 남아있다는 것이다. 직장에서 여성들의 처우가 개선되고 있다고는 하나, 우리 사회에서는 여전히 여성에 대한 차별이 존재한다.

얼마 전 방송하여 인기를 끌었던 드라마 〈미생〉 속에서도 나타나듯이, 여성이 아이를 낳고 직장과 육아를 양립한다는 것이 결코 우리나라 사회에서는 쉽지 않은 일이다. 더욱이, 부모나 친척 외에 아이를 믿고 맡길 수 있는 사회적 신뢰도 매우 부족하다.

인구정책이라는 것이 결국은 미래 세대를 위해서 현재 세대가 양보하는 거라고 생각한다. 그러한 미래 세대를 위한 우리가 어떤 양보를 해야 할지 사회적 타협이 필요하고, 거기에 대해서 정치권도 역할을 해야 할 것이다. 쉽지는 않겠지만.

저출산 정책과 신산업

■ ■ ■

　날씨가 통 안 맞는다. 기상청의 예보가 자꾸 틀린다는 불평불만을 얘기하는 것은 아니다. 이맘때쯤 이래야 할 날씨, 해마다 몸으로 느껴온 기온, 경험으로 알고 있던 그 시기에 맞는 날씨와 요즘의 날씨가 다르다는 이야기다. 주유소를 운영하면서 대부분을 실외에서 지내다 보니 어쩌면 일반 사람들보다 조금 민감한지도 모르겠다. 그러고 보니 올해 초봄 주유소를 방문하는 손님들도 비슷한 이야기를 했던 기억이 있다.

　긴 코로나19의 끝에 올해는 봄꽃 축제 한번 제대로 누려보나 했는데, 꽃이 예상보다 너무 일찍 피어서 정작 축제 기간엔 바닥에 짓눌린 꽃 자국만 잔뜩 구경하고 왔다고. 손님들은 "4월이 원래 이렇게 따뜻했나?"를 묻다가, 지금은 "5월이 왜 이렇게 더운지"를 궁금해한다. 전례 없는 6월 폭염을 겪고, 급기야 7월에는 지구 전체 온도가 역대 최고 기록을 경신했다는 뉴스도 들린다.

이상한 날씨에 대한 기억은 지난해 여름의 경험만으로도 아직 생생하다. 중부지방에는 6월부터 열대야가 찾아왔고, 8월에는 한 시간에 100㎜가 넘는 비가 서울에 쏟아졌다. 보통 비가 줄기차게 내릴 때의 강수량이 시간당 15㎜ 정도고, 시간당 30㎜만 되어도 자동차 와이퍼의 작동이 버겁다. 그런데 기상청이 시간당 60~80㎜의 비를 예보한 그날, 100㎜가 넘는 폭우가 쏟아져 도시 곳곳이 순식간에 물에 잠겼다. 그러는 동안 남부지방은 1974년 이후 가장 긴 227일의 극심한 가뭄을 기록했고, 섬진강권역의 댐 저수율은 '심각' 단계가 됐다.

'대구는 사과가 유명하지' 하던 것은 옛말. 이제는 사과가 강원도에서 난다. 제주도에서만 나는 줄 알았던 천혜향과 레드향을 남부지방에서 재배하기 시작했고 바나나, 파파야 같은 열대과일도 재배면적을 늘려가고 있다.

한반도가 아열대 지역으로 변해가면서 과일의 재배지가 점차 북상하고 있다. 전문가들은 이상기후 현상이 가속화돼 기온 변동 폭이 커지면 결국 농업이 타격을 입을 것이라고 우려한다. 이상한 기후는 폭우나 폭설, 폭염 같은 자연재해로만 사람을 죽거나 다치게 하는 게 아니다. 누군가의 생계를 막막하게 하고, 먹거리를 위협한다.

미래에너지 포럼 참석. 화석연료 판매업인 주유소는 기후변화의 주범처럼
보이지만, 에너지 전환 시대의 최대 피해자이다.

꽃피는 시기를 예상할 수 없게 되고, 못 견디게 뜨거운 날씨에도 버텨내야 하는 것, 도시가 삽시간에 물에 잠길 때 살아남아야 하는 것, 평생을 바쳐 재배한 농작물을 포기하고 살길을 찾아야 하는 것, 더 이상 생산되지 않아 먹을 수 없는 작물이 늘어나는 것. 그렇게 변해가는 기후와 싸우는 삶을 살아야 하는 건 자녀 세대나 손주 세대의 이야기가 아니다. 미래 언젠가 닥칠지도 모를, 영화 속 지구멸망 같은 이야기는 더더욱 아니다. 기후 위기는 지금, 오늘을 사는 우리에게 닥친 위험이다. 올여름에 겪을 이상기후는 어떤 모습일지, 기온은 얼마나 오르고, 이례적 폭우는 언제 어디서 얼마나 쏟아져 내릴지에 대한 일. 기후 위기는 우리가 대응해야 할 현실, 오늘의 이야기다.

기후변화에 관한 정부 간 협의체(IPCC)는 올해 발간한 6차 보고서에서, 기후 위기 대응은 앞으로 10년에 달렸다고 경고한다. 인류가 지금처럼 온실가스를 계속 배출한다면, 20년 안에 지구 평균온도는 산업화 이전보다 1.5℃ 상승하게 된다. 식량 위기, 새로운 질병과 변이의 출현, 극한의 폭염과 산불, 도시 침수, 잦은 태풍 발생, 사막화, 생물 멸종 등으로 이어지는데, 협의체는 이를 막기 위한 마지막 기회가 앞으로 10년이라고 강조한다. 그러니 2030년까지 탄소배출을 줄이기 위해 모든 방법을 동원해

수소 산업 활성화 협약식. 에너지 전환 시대에 앉아서 눈뜨고 죽을 수는 없다.
다방면의 생존 전략을 모색해야 한다.

야 한다는 것이다.

온실가스 배출의 주범으로 지목되고 있는 내연기관 자동차에 화석연료 에너지인 석유제품을 판매하는 주유소 사장의 입장에서 참으로 난감한 처지이기도 하다. 불과 10년 전만 하더라도 국회에서 클린디젤을 홍보하고 기념행사도 개최했던 기억이 생생한데. 기후 위기를 위해 탄소중립 정책에 동참해야 하는 것이 당연한 이치이지만, 조금 극단적으로 얘기하면 주유소 문 닫고 길거리에 나앉으라는 이야기인가.

물론 시장경제 체제 기본원리에 따라, 예견된 시장환경 변화에 대해 주유소 사업자도 스스로 경쟁력을 갖추기 위한 자구 노력 및 자기혁신 등 대응 방안 마련에 일차적인 책임이 있다는 것은 자명한 논리이다. 그렇지만, 개별 주유소 사업자는 중소기업·소상공인에 속하는 영세 사업자로 개별사업자 단위에서 수소에너지 전환과 같은 급격한 시장 환경 변화 대응에는 한계가 존재하며, 결국 대응 전략 마련을 위해서는 정부나 공공부문의 정책적 지원 방안 모색이 요구될 수밖에 없다. 실제로 2023년 4월 기준 전국 주유소 내 전기차 충전시설 병행 업소 수는 363개소로 전국 영업 중인 주유소 10,958개소의 3.3%에 불과하고,

주유소 내 전기차 충전 시설 설치 확대 방안 세미나. 전기차 판매가 확대되고 있는
시점에서 주유소는 복합 에너지 공급 시설로 거듭나야 한다.

이마저도 거의 대기업인 정유사가 직접 운영하는 주유소에 설치된 경우가 대부분이다. 정부 차원에서 각종 예산을 지원해 주고는 있지만, 그래도 수천만 원을 투자해야 하고, 급속 충전기의 경우 억대의 자금이 필요하다.

탄소중립과 에너지 전환이라고 하는 대명제는 시대적 과제이고, 전 세계적으로 반드시 이행되어야 할 핵심 아젠다임은 부정할 수 없을 것이다. 우리나라도 탄소중립 이행을 위한 정책을 지속적으로 발표하고 있고, 물론 정권이 바뀜에 따라 어디에 더 무게를 실을지의 차이는 있을지언정 에너지 전환을 위한 과제도 착착 진행해 나가고 있다.

현대 사회에서 에너지는 국가 경제, 국가 안보, 국민 생활과 직결된 현실적이고 중차대한 과제다. 에너지 수급이 불안하면 국가 경제가 무너지고, 국민 생활도 불안해진다. 결국에는 국가의 안정적인 운영이 불가능해질 수밖에 없다. 안전성과 환경성도 중요하지만, 경제성도 절대 무시할 수 없다. 아무리 안전하고 깨끗하더라도 기술적으로 완성되지 않았거나 경제적으로 감당할 수 없을 정도로 비싼 에너지는 그림의 떡이 될 수밖에 없다. 위험하고 더러운 에너지도 함부로 포기할 수 없는 것이 우리의 냉혹한 현실이라는 뜻이다.

그렇다고 우리가 언제나 경제성·안전성·환경성이 검증된 에너지에만 매달려야 하는 것은 아니다. 에너지 정책도 기술의 발전과 사회·경제 환경의 변화에 따라 진화할 수밖에 없다. 국민의 삶의 질이 개선되고, 에너지 관련 기술이 발전하면 더 깨끗하고, 더 안전하고, 더 편리한 에너지의 수요가 늘어날 수밖에 없다. 기후 위기 대응과 같은 국제적 요구도 적극적으로 수용해야만 한다. 결국 현대 사회에서 에너지 전환은 절대 포기할 수 없는 시대적 과제일 수밖에 없다.

우리에게 에너지 전환의 낯선 일도 아니다. 1960년대의 연탄 도입은 획기적인 일이었다. 발열량이 많지 않아서 산업적으로 쓸모가 없었던 갈탄으로 만든 19공탄은 세계 어디에서도 볼 수 없었던 창조적인 연료였다. 전통적인 온돌과도 절묘하게 어울리는 장점도 있었다. 그렇다고 문제가 없었던 것은 아니다. 석탄을 수송하기 위한 사회 기반 시설도 만들어야 했고, 연탄을 안정적으로 생산해서 공급하는 일도 만만치 않았다.

1970년대에는 등유 난방을 시작했고, 1980년대에는 인도네시아에서 확보한 액화천연가스(LNG)를 활용하는 모험적인 에너지 전환에도 성공했다. 한강의 기적으로 알려진 경제 개발 5개년 계획의 성공과 1980년대 후반의 세계적인 3저 호황 덕분이었다. 1978년 고리 1호기가 완공되면서 화려한 원전 시대가 시작되면서 농어촌과 도서 지역에도 전기를 공급하기 시작했다. 원전에 의한 안정적인 전력 수급이 우리의 놀라운 산업 발전과 세계 최고의 정보화 사회 건설을 가능하게 만들어 주었다.

그러나, 에너지 전환에는 필연적으로 수반되는 어두운 이면이 있다. 나무에서 연탄으로 전환되는 시기에 나무를 해다 팔아 생계를 이어가던 수많은 빈곤층은 일자리를 잃었고, 석탄에서 석유, 가스로 전환되는 시기 역시 산업 일꾼으로 칭송받던 수많은 광부는 건강만 잃은 채 역사의 뒤안길로 사라져 갔다. 최근의 탄소중립 정책은 이러한 과거의 어두운 단면을 답습할 가능성이 농후해 보인다. 정부 정책 발표 어디에도 기존 산업에 대한 대책은 찾아보기가 힘들다. 주유소를 비롯해, 내연기관 자동차들의 정비를 업으로 하는 수많은 정비업체 종사자 등 기존 산업이 사양산업으로 전환되는 과정에서 기존 산업에 종사하는 국민에 대한 배려는 찾아보기 힘들다. 다시 한번 얘기하자면, 모두 길거리에 나앉으라는 얘기인가?

다행스럽게도 주목할 만한 또 다른 아젠다가 있다. 바로 '정의로운 전환'이라는 개념이다. 탄소중립과 관련한 정의로운 전환

중소기업 환경정책 협의회 참석.
친환경 에너지 전환 정책에 결코 주유소 업계를 배제해서는 안 된다.

은 탈(脫)탄소 세계로 이행하는 과정과 결과가 공정하고 정의로
워야 한다는 의미를 담고 있다. 2015년 파리협정을 앞두고 국제
노동조합연맹(ITUC)은 '죽은 지구에는 일자리가 없다'라는 슬로
건으로 유엔기후변화협약 당사국총회(COP21)에 참석하는 각국
정부에 정의로운 전환을 위한 가이드라인을 마련할 것을 촉구했
다.

국제노동단체들의 노력으로 정의로운 전환이 파리협정 전문
에도 '노동력의 정의로운 전환과 좋은 일자리 및 양질의 직업 창
출이 매우 필요함을 고려해야 한다'라는 문구가 포함됐다.

2018년에 열린 제24차 유엔기후변화협약 당사국총회(COP24)
에서는 '연대와 정의로운 전환에 관한 실레지아 선언'이 채택됐
다. 실레지아 선언은 노동자뿐만 아니라 지역사회와 다양한 이
해 당사자들의 연대가 정의로운 전환에 중요하다는 점을 강조
한다. 지난해 11월에 개최된 제26차 기후변화협약 당사국총회
(COP26)에서도 유럽연합(EU), 영국, 벨기에, 캐나다, 덴마크, 프
랑스, 독일 등은 정의로운 전환 선언을 채택했다.

정의로운 전환 선언은 전환 과정 노동자들의 새로운 일자리
지원, 사회적 대화와 이해 당사자 참여 지원 및 촉진, (저개발국, 개
도국 등이)탄소 집약적 경제에서 탄소중립 경제로 전환할 수 있도

록 지원, 지역의 포용적이고 좋은 일자리 창출, 특정 산업뿐만 아니라 공급망 전체의 지속 가능한 전환 추진, 국가별 정의로운 전환 노력에 대한 정보를 국가 온실가스 감축 목표(NDC)에 포함한다는 등의 내용을 담고 있다.

지난 2022년 3월 25일 시행된 「기후위기대응을 위한 탄소중립·녹색성장 기본법」에도 정의로운 전환 규정이 포함되어 있다. 탄소중립 기본법에서는 기후 위기에 취약한 계층 등의 현황과 일자리 감소, 지역 경제의 영향 등 사회적·경제적 불평등이 심화되는 지역 및 산업의 현황을 파악하고 이에 대한 지원 대책과 재난 대비 역량을 강화할 수 있는 방안을 마련하도록 규정하고 있다.

탄소중립 기본법에 따라 정부는 탄소중립 사회로의 이행 과정에서 급격한 일자리 감소, 지역 경제 침체, 산업구조의 변화에 따라 고용환경이 크게 변화되었거나 변화될 것으로 예상되는 지역에 대해 정의로운 전환 특별지구를 지정하고, 녹색산업 분야로의 사업전환 지원, 정의로운 전환 지원센터를 설립·운영할 예정이다.

탄소중립 기본법에 규정된 정의로운 전환 개념은 지구 평균

기온 상승을 1.5℃ 이내로 억제하기 위해 2050년 이전까지 탄소 중립을 달성해야 한다는 정책 목표와 연계된다. 이러한 정책 목표를 달성하기 위해서는 전 세계적으로 석탄 광산 및 석탄 화력 발전소에 대한 투자를 멈추고 기존 광산과 발전소를 폐쇄해야 하며, 화석연료를 사용하는 내연기관 자동차 대신 전기차나 수소차 생산으로 변경해야 한다. 이러한 산업전환 정책에 대한 수용성을 높이기 위해서는 전환 과정에서 산업 종사자와 지역사회 등이 겪어야 할 피해를 최소화하는 정의로운 전환이 필요하다는 것이다.

그러나, 탄소중립 기본법이 정의로운 전환의 원칙들을 충분히 담았다고 보기는 어렵다. 누가 피해 복원과 지원을 위한 비용을 부담할 것인지, 기존의 불평등을 어떻게 해소할 것인지, 포괄적인 정의로운 전환 계획을 투명하게 수립할 수 있는지 등이 명확하지 않다.

여형범 충남연구원 연구위원은 지난해 1월 에너지경제연구원에서 발행한 《에너지포커스》에서 "탄소중립이 우선적으로 강조되면서 정의로운 전환에 특별히 초점을 맞춘 위원회, 사무국, 계획, 기금 등의 내용도 빠져 있다."라며 "탄소중립위원회 내에서 운영되는 공정전환분과위원회는 정의로운 전환뿐만 아니라 에너지 분권, 기후변화 적응 등을 모두 다루도록 되어 있어 한계가 있다"고 지적했다.

에너지 전환을 꼭 위기로만 인식할 필요는 없다. 신산업을 통한 새로운 생존 전략을 모색해 볼 수도 있다. 주유소의 경우 원활한 친환경 차 확산을 위해 수송 분야의 안정적인 전력 공급과 충전 인프라의 확충이 중요한 숙제로 떠올랐고, 다가오는 탈석유 및 탄소중립 시대를 예비해 기존의 인프라(주유소)를 활용하는 방안을 활발히 모색 중이다. 이런 가운데, 기존 주유소·액화석유가스(LPG) 충전소에 태양광·연료전지 등 분산 에너지와 전기차 충전기를 설치해 '전기를 직접 생산하면서 충전하는' 시설, 즉 에너지 슈퍼스테이션이 최근 등장했다.

전기차가 대세로 떠오르는 건 피할 수 없는 수순으로 보인다. 미국은 2030년까지 신차 판매에서 전기차 비중을 50%까지 확대하고, 유럽연합(EU)과 중국은 2035년부터 내연기관차, 즉 석유 연료를 사용하는 자동차의 판매를 전면 금지할 계획이라고 한다. 글로벌 자동차 기업들도 전기차 양산 계획을 줄지어 발표하고 있다. 폭스바겐과 미국의 빅 3 자동차 업체는 2030년까지 전기차 판매 비중을 50%로 확대할 계획을 밝혔다.

국내라고 별반 다르지 않다. 현대와 기아는 2030년에 30%, 2040년에는 80%까지 전기차 비중을 끌어올린다는 공격적인 목표를 제시했는데, 특히 현대차의 '제네시스'는 앞으로 모든 후속 모델을 전기차로 발표하기로 했다.

그러나, 내연기관 자동차가 어느 날 모두 없어지지 않는 한 가솔린과 디젤 등 석유 연료 공급을 포기할 수는 없다. 즉, 주유소가 지금 당장 전기차나 수소차를 위해 업종을 변환할 수는 없다는 의미이다. 또한, 당장 몇 퍼센트 되지 않는 친환경 차량을 위해 기존 주유소 사업자 투자를 요구하기도 무리다. 한편으로는 이대로 둔다면 수많은 주유소가 '좌초 자산'이 될 것도 자명하다.

에너지경제연구원에 따르면 주유소가 2019년 수준의 영업 실적을 유지하려면 1만 1,000여 곳의 주유소 중 2030년까지 2,053곳이, 2040년까지는 전체 주유소의 85%인 8,529곳이 퇴출당할 거라는 예측이 있다.

이 과정에서 '기존의 주유소에서 모든 것을 다 처리하면 되는 것 아니냐'는 아이디어가 부각되었다. 기존 주유소를 그대로 운영하면서 전기차 충전 시설을 추가로 설치하고, 여기에 태양광 발전 시설, 연료전지 발전 시설 등을 설치해 전력 생산 기능을 더하는 식이다.

주유소 내 전기차 충전인프라 구축 협력을 위한

한국주유소협회-주식회사 케이티 업무 협약식

°KOSA 한국주유소협회   kt 주식회사 케이티

KT와 주유소 전기차 충전 인프라 구축 협력 업무협약.
전기차 충전 인프라 확대를 위해서는 정부의 지원이 무엇보다 중요하다.

전기를 직접 생산할 수 있으니 대규모 발전소를 건설해야 하는 부담을 덜 수 있고, 전력의 생산과 소비가 함께 이뤄지기 때문에 전력계통망에 가해지는 부담도 줄어들게 된다. 이것이 바로 '에너지 슈퍼스테이션'의 개념이다.

에너지 슈퍼스테이션은 전기차 충전 인프라를 확충하면서도 발전소 및 전력계통 부담을 덜 수 있는 효과적인 운영 방안이 될 수 있다. 1호 주유소의 운영 실적을 토대로 효율적이고 안정적인 규제 개선을 이뤄갈 계획이다. 성과가 전국으로 보급되기 시작할 때, 대한민국은 세계에 유례없는 독자적이면서도 효율적인 전기차 충전 시스템을 확보해 나갈 수 있을 것이다.

'에너지 슈퍼스테이션'은 주유소의 새로운 수입원(임대료 또는 발전 수익, EV 충전 수익)을 제공하고 수송 연료 시장환경 변화에 동참할 수 있도록 하기 때문에 주유소 업계 생존을 위해 반드시 필요한 사업모델이라고 할 수 있으며, '에너지 슈퍼스테이션' 보급 확산을 위해서는 우선 관련 규제 해소와 정부 차원의 재정적-제도적 지원이 필요하다.

다시 강조하자면, 정의로운 전환 정신에 입각한 정부의 지원이 절실히 필요하다. 한국주유소협회장을 하면서도 전기차 충전

시설을 주유소에 설치하는 방안을 지속적으로 추진해 왔다. 대기업인 KT와 업무제휴를 맺고 주유소에 충전기 보급사업을 추진했던 경험이 있다. 그러나, 결과는 사실 너무도 처참했다. 전체 주유소의 10% 정도는 동참할 것으로 기대했으나, 채 50곳이 되지 못했다.

충전기 보급을 위한 설명회 자리에서는 주유소 회원사들로부터 핀잔만 들었다. 주유소가 망하는 길에 왜 협회장이 앞장서느냐는 지적이었다. 왜였을까. 실패의 이유를 곱씹어 보자면, 물론 협회장으로서의 역량 부족이 우선이겠지만, 무엇보다도 정부에서 전혀 어떠한 도움도 주지 않았다는 점에 있지 않았을까 생각해 본다.

결국, 사회 인프라는 정부가 나서서 구축해 주어야 민간이 파생 산업에 적극 참여하여 생태계가 만들어질 수 있다는 것을 깨닫는 계기가 되었다.

전에 없던 새로운 길을 개척함에 있어 리더인 길잡이의 역할이 매우 중요하다. 방향의 설정에서부터 장애물 제거까지. 만약 길잡이가 뒤따라오는 사람들에 대한 배려 없이 마구 앞장서서 달려간다면 어떻게 될까? 약자들은 길을 잃고 도태될 것이며, 능력 있는 강자만 따라올 것이다. 방향 설정과 속도 조절, 장애물 제거까지, 탄소중립, 에너지 전환 시대 정의로운 전환을 위한 정부와 정치권의 자세가 아닐까.

지역 격차와 지방 소멸

＊＊＊

    본론으로 들어가기에 앞서 개인적인, 요즘 젊은이들이 자주 쓰는 말로 'TMI'를 밝혀볼까 한다. 혹시 TMI에 대해 모르는 독자분을 위해 말씀드리자면, TMI는 Too Much Information의 약자로, 별로 알고 싶지 않은 개인적인 사소한 내용을 말할 때 주로 말하는 사람을 핀잔주는 용도로 사용한다고 한다.

    지금 터전으로 삼은 곳은 경기도 안성시이다. 본래 태어난 고향은 경남 창녕군이지만, 부산 영도구에서 유년 시절을 보냈고, 아버지를 따라 어린 시절에는 이사도 참 많이 다녔더랬다. 전학 간 학교에서 며칠 다니지도 않고 다른 곳으로 이사 가는 일도 있었을 정도이다.

    학창 시절은 주로 서울에서 보냈었고, 대학 졸업 후에는 태권도장도 운영해 보았다(83년도에는 프로태권도연맹에서 선수 겸 심판위원으로도 활동했던, 나름 태권도 유단자다). 입사한 쌍용정유라는 회사(S-OIL

전신)도 서울에 있었기에 10년간 재직하는 동안 줄곧 서울에서 생활해 오다가, 회사를 퇴사(사실은 좌천에 따른 해고에 가까운)하고 안성에서 주유소를 하게 되면서 비로소 안성에 정착하였다.

대학 졸업 후 입사 전에는 전국 도서·산간 등 오지를 가 보고 싶어 당시 국민학교(현 초등학교) 순회교사라는 것에 지원해 합격하기도 했었다. 그렇다고 방랑벽이 있는 것은 아니다. 고향 친구들은 지금도 만나면 서울 가까이에 산다고 부산 촌놈이 출세했다고 하지만, 안성이 상대적으로 부산보다 서울과 가까운 것이지 정말 엄밀히 굳이 표현하자면 수도권 변두리에 가깝다 하겠다.

다른 주제들과는 다르게 갑자기 장황하게 가벼운 개인사를 늘어놓은 데는 이유가 있다. 서울을 비롯한 수도권과 지방의 격차에 대해 이야기하고 싶어서이다. 주유소 사장이 주제넘은 걱정이라고 할 수도 있겠지만, 주유소야말로 지역 격차로 인한 직격탄을 맞이하고 있다.

앞서 설명했지만, 주유소는 정부의 잘못된 유가 정책 등으로 인해서 경영난을 맞이하고 있고, 2013년을 정점으로 그 숫자가 매년 200여 개씩 줄고 있다. 망해서 문을 닫는 것인데, 참 아이러니하게도 그나마 폐업이라도 하는 주유소는 아주 여유가 있는

방치된 주유소. 과도한 폐업 비용으로 방치된 주유소들은 각종 불법행위에
악용되는 등 사회적 문제를 야기한다. 정부의 지원 대책이 절실하다.

주유소이다.

주유소를 폐업하려면 1억에서 2억 가까운 돈이 들어간다. 생각해 보시라. 망해서 폐업하는데 1억이라니. 폐업을 못 하는 주유소들은 차선책으로 선택하는 것이 휴업했다 영업했다 하든가 휴업하고 방치하는 것이다.

여기서 지역 격차가 극명하게 드러난다. 수도권이나 지방 대도시에 소재해 있는 주유소의 경우, 경영난으로 어려워졌을 때 할 수 있는 것이 상대적으로 많다. 폐업을 하더라도 목 좋은 자리에 위치한 주유소 입지 특성상 다른 건물을 올린다거나 다른 업종으로 전환하는 것이 매우 용이하다. 주유소를 계속한다고 하면 커피숍, 패스트푸드점 등과 같이 리모델링을 통한 유외 사업 확장에도 유리하다.

반면 지방 소도시 주유소들은 대안이 없다. 애초에 차량 이동이 없어 경영난이 온 것이라 주유소를 닫아도 딱히 그 자리에서 할 수 있는 것이 없다. 대부분이 영세 사업자인 이들은 폐업하기도 막막하다. 더욱 문제가 되는 것은 이들은 정부 주요 정책에 있어서도 소외되고 있다는 점이다. 앞장에서 소개한 '에너지 슈퍼스테이션'이나, 주유소를 친환경 에너지 공급처로 전환하는

이현재 전 의원 간담회.
주유소 폐업 지원과 주유소 공제조합 설립 입법에 물심양면 도움을 주셨다.

것을 지원하는 정책에 지방 소도시의 영세 주유소들은 해당하지
않는 것과 다름이 없다.

주유소협회장이 되기 이전부터 지속적으로 주유소에 대한 폐
업 지원이 절실히 필요하다는 요구를 해 왔었다. 협회장에 당선
되고 이후부터는 본격적으로 국회와 관련 부처를 뛰어다니며 주
유소의 폐업을 정부가 예산으로 지원하고 지방 소도시 주유소의
경우 지역 특색에 맞는 타업종으로 전환할 수 있도록 정부의 정
책적 지원이 필요하다는 요청을 해 왔다.

노력이 헛되지는 않았는지, 당시 새누리당 국회의원이었던 이
현재 전 의원님의 도움으로 주유소 폐업 지원을 주 내용으로 하
는 「석유사업법 개정안」을 국회에서 법안 발의하게 되었다. 그
러나, 입법안이 국회를 통과하는 것은 더욱 어려운 과정이었다.
타업종과의 형평성 문제를 지적하는 정부 반대 입장으로 주유소
폐업 지원은 그렇게 무산될 것처럼 보였다.

긴 시간 노력해 왔기에 포기할 수는 없었다. 정부가 직접 도와
주는 것이 어렵다면 주유소 업계 스스로 업계 상황과 현실에 맞
게 폐업 지원과 전업 지원 사업을 수행할 수 있도록 공제조합을
만들어서 운영할 테니, 공제조합을 만들고 운영하는 데 정부에
서 간접적인 지원을 해 달라는 수정안을 제안했다. 새롭게 제안

주유소 공제조합 설명회. 10년이 지난 지금까지도
주유소 공제조합은 설립되지 못하고 있다.

한 수정안에 대해 정부도 동의했다.

　　그렇게 주유소 공제조합 설립을 통한 주유소 폐업 지원 법안은 국회를 통과했다. 주유소 공제조합 설립에 있어 처음에는 의욕적으로 추진해 나갔다. 정부 예산으로 공제조합 설립을 위한 연구용역을 진행하고, 용역 결과를 가지고 산업부 담당 과장, 사무관과 전국을 돌며 설명회도 다녔다. 공제조합 설립을 위한 출자금도 모으고, 창립총회를 준비하던 과정에서 정부는 더 이상의 지원을 하지 않았다. 법을 만드는 것까지 도와줬으니, 나머지는 법 취지대로 주유소 업계가 스스로 해나가라는 것이었다.

　　정부가 발을 빼니 주유소 사업자들의 참여도 시들해졌고, 그렇게 숙원사업이었던 주유소 공제조합은 흐지부지되고 말았다. 그리고 지방 소도시 주유소들은 여전히 경영난 속에 이러지도 저러지도 못하는 신세가 이어지고 있다.

　　이야기가 살짝 옆길로 새어 나갔지만, 어쨌든 주유소 폐업 문제의 본질은 지역 격차 확대, 지방 소멸과 전혀 무관하지 않다. 혼자 가면 빨리 가지만 함께 가면 멀리 간다는 아프리카 속담이 있다. 국가의 지속 가능한 발전을 위해 지역 격차 완화와 낙후 지역 자생력 제고는 필수적 요소다.

우리나라는 전 국토 면적의 12% 수준에 불과한 수도권에 인구의 절반 이상이 몰려 있다. 중견기업의 76%가 수도권에 위치해 있고, 일자리와 생활 인프라 측면에서도 수도권과 비수도권 간 격차가 지속되고 있다. 정부도 지역 간 격차 완화와 지역 균형발전을 위해 꾸준히 노력해 왔지만, 결과적으로 수도권 집중현상은 더욱 심해졌다.

새로 출범한 윤석열 정부도 적극 나서고 있는 모양새다. 그동안 지역 간 불균형 해소와 지역 균형발전을 추진하고 있던 자치분권위원회와 국가균형발전위원회는 통합했다.

'지방시대위원회'는 지난 5월 국회 통과된 「지방분권 및 지역 균형발전에 관한 특별법」에 근거하여 구성·운영하게 되는 핵심 기구로, 7월 10일 공식 출범하게 된다. 위원회는 '지역 주도의 균형발전으로 지방시대를 구현'하기 위해 5년 단위의 지방시대 종합계획을 수립하는 등 지방 시대 국정 과제와 지역 공약을 총괄 조정하며 지방분권과 균형발전을 아우르는 통합적 추진체계의 역할을 수행하게 된다. 우동기 국가균형발전위원장은 "앞으로 균형발전 패러다임은 지방이 주도적으로 기획·추진하고 중앙이 지원하는 형태로 바뀔 것"이라고 말했다.

지역 발전을 지방이 주도적으로 추진한다는 것은 개인적으로 바람직한 방향이라고 생각한다. 아니, 개인적인 신념으로 그것이 올바른 길이라고 생각한다. 사실 이재명 민주당 대표의 성남 시장 재임 기간 있었던 소위 '대장동 사건[5*]'으로 말미암아 주목받게 된 성남 도시개발공사로 인해 지역 도시개발공사에 대해 일반 국민, 지역 주민들이 부정적인 인식을 가지게 된 점에 대해서는 굉장한 아쉬움이 있다.

지방 토착형 개발 비리의 온상이라는 부정적 인식과 함께 한국토지주택공사나, 경기주택공사 등 국가나 광역단체 차원의 개발이 충분히 이루어지고 있는데 지역 도시개발공사는 불필요한 것 아니냐는 인식도 있지만, 지방 주도형 지역 발전에 있어서 지역 도시개발공사는 반드시 필요한 조직이다.

해당 지역의 특색과 해당 지역의 현실, 해당 지역이 가지고 있는 장점을 가장 잘 살려서, 체계적이고 신속하게 지역 개발을 가능하게 하는 지역 개발 전담 조직이기 때문이다.

지금 살고 있는 안성시에도 안성 도시개발공사 설립을 강력하게 주장해 왔고 조례안이 제정되었지만, 안성시 의회 다수당인

5* 아직 사법적 결론도 나오지 않았거니와 이것의 시시비비를 따지자는 것이 전혀 아니다.

국민의 힘 소속 시의원들의 반대로 통과되지 못하고 있는 실정이다. 이재명 대표의 대장동과 성남 도시개발공사도 반대 이유의 하나겠지만, 현 안성시장이 민주당 소속인 것도 한몫했으리라.

정쟁으로 인해 시민들을 위한 정책이 시행되지 못하고 있다는 것은 시민의 한 사람으로서 참으로 안타까운 일이 아닐 수 없다.

지역 중심 개발 정책으로 가장 큰 효과를 본 나라는 독일이다. 독일은 통일 이후 1995년 서독의 43% 수준이었던 동독의 경제력을 집중적인 지역 개발 지원 정책을 통해 2018년에는 서독의 75%까지 상승토록 해 EU 회원국의 평균치에 도달하게 했다.

독일은 EU 차원의 지역 정책과 독일 정부 차원의 지역 정책을 상호보완적으로 활용했다. 유럽 구조 투자 기금은 2014~20년까지 실행 기간 동안 독일에 290억 유로를 할당해 지원했으며, '지역 경제 구조 개선을 위한 공동과제(GRW3)'에 근거하여 지역 개발 지원기준을 마련했다.

GRW는 취약 지역의 구조적 변화를 통한 장기적 성장과 고용 창출을 목적으로 1969년부터 시행한 것으로, 70년대에는 교외 지역 산업 개발과 일자리 창출을, 90년대 이후로는 동독 지역 경제 개발에 주력했다.

현재는 지역 생산성, 평균 실업률, 고용 가능 인구 전망, 기반 시설 지표를 통해 각 지역의 낙후도를 평가·분류하여 지원 대상 지역을 선정하며, 취약 지역 내의 무역 및 산업 투자, 상업 인프라, 협력사업에 저리 대출 및 보조금 지급을 지원한다.

GRW는 사후적 모니터링을 통해 지원 프로젝트 효과를 분석한다. 연방 경제 수출 통제국의 데이터를 활용해 지원 프로젝트 완료 5년 후의 고용 및 소득 효과까지 분석하는 것이 특징이다. 지원 프로젝트 선정, 수혜자 앞 승인 통지 및 조건 준수 모니터링 등의 구체적 시행은 주 정부의 책임하에 진행된다.

영국의 경우 경험에 기반한 지역 개별 사례 연구 분석을 통해 문제 해결에 접근했다. 영국은 주요 선진국 중에서도 지역 간 불균형이 가장 심각한 편이다. 런던을 중심으로 남동부 지역과 중북부 지역 간 소득, 인프라 등 격차 심화로 두 개로 분열된 영국이라는 비판을 받는다. 손흥민 선수가 활약하고 있는 잉글랜드 축구 프리미어리그에서도 지역 격차로 기반한 라이벌 관계 형성이 다반사일 정도로 지역 격차에 다른 지역 갈등이 매우 심각하다.

이에 낙후 지역의 삶의 질 개선을 통해 신성장동력을 만들겠다는 취지로 '지역 상향 평준화' 정책을 세웠다. 2022년 영국 정부는 영국의 생산성 최하위 지역 25%가 영국 평균만큼 발전할 경우 연간 근로자 소득이 약 2,300파운드 인상되는 효과와 함께 연간 약 500억 파운드 규모의 총부가가치 창출을 초래할 것으로 예상했다.

레벨링 업 정책은 가장 낙후된 지역을 선정한 후, 집중적으로 지원하는 임무 지향적인 방식을 가진다. 영국 정부는 낙후 지역의 개발 사업에 막대한 자본과 시간이 필요함을 인지하여 2030년까지 중기적으로 정책 추진 기간을 설정하였다.

정책의 실현 가능성을 높이고자 구(舊)동독 재개발, 미국 테네시강 유역 개발공사 등 국내외 낙후 지역 개발(재생) 사례를 심도 있게 연구하여 얻은 정책 교훈을 바탕으로 정책 체제를 개편했다.

지역에 맞춰 낙후 지역엔 민간 부문 육성을 통한 생산성, 임금, 일자리, 생활 수준 향상을 위한 정책을, 공공 서비스 취약 지역엔 공공 서비스 기회 확산 및 개선, 지역 공동체 회복 정책, 공동체 소멸 지역엔 로컬리즘과 지역 자긍심을 고취시킬 정책, 지역 내 정부 기관 결핍 지역엔 지역 리더 및 지역 공동체 권한 강화

정책을 펼치고 있다.

영국은 지난 100여 년 동안의 영국 내 지역 격차 심화 과정에 대한 철저한 검토와 낙후 지역 개발 사례를 연구하여 성공적 정책 추진을 위한 교훈을 도출했다. 광역지자체, 중소도시, 산업도시가 각각 가지고 있는 핵심 문제와 필요로 하는 주요 자본이 다르듯, 지역 격차 완화를 위한 일률적 접근이 아닌 개별적 접근 방식이 필요하다(영국 균형발전 정책 보고서, 국토연구원, 전봉경).

우리나라는 행정수도를 이전할 정도로 그동안 국토 균형발전에 상당한 역량을 기울였다. 정부 산하 공공기관을 지역 거점 혁신도시를 만들어 이주시키고, 서울대학교 지방 이전 등 다양한 방안을 검토하고 있다. 효과적인 방법이라는 것에는 상당 부분 동의하지만, 사실 세종시나 지방 혁신도시를 한 번이라도 가서 보았다면 현재까지만 봤을 때 거의 실패한 정책에 가깝다고 할 수 있다.

혁신도시가 위치한 지역의 실상에 맞도록 조화로운 개발이 되지 않고 마치 외딴섬과 같은 형국이고, 살고 싶은 도시가 아니라 일하고 싶으면 와서 살라는 개념으로 접근하다 보니 텅 빈 유령 도시같이 되어버렸다. 고도로 발달한 교통 시스템이 오히려 일은

울산 혁신도시. 텅 빈 혁신도시의 모습이 지역균형개발의 현실을 보여주고 있다.

강원도 속초 집에서 바라본 전경. 모두가 살고 싶은 도시가 될 필요는 없다.
지역 특성 맞춤 개발로 모두가 가고 싶은 도시를 만들어야 한다.

지방에서 하고 주거는 수도권에서 하는 것이 가능하게 만들어 주는 역설적인 상황도 발생했다.

냉정히 얘기하자면 지방을 아무리 개발하더라도 서울과 수도권처럼 될 수는 없다. 서울처럼 도시를 개발하더라도 서울에 미치지 못할 것이고, 기왕 서울과 별 차이가 없다고 한다면 지방보다 서울에서 사는 것을 선택하지 않겠는가? 전국의 모든 지방과 도시가 서울처럼 될 필요는 없다.

몇 해 전에 강원도 속초에 집을 하나 마련했다. 오해는 마시라, 돈이 많아서도 아니고 남들처럼 투자나 투기 목적도 아닌, 정말 순수하게 세컨드 하우스로 사용 중이다. 언젠가 여행으로 갔던 속초라는 도시에 완전히 반해버려, 가족들과 시간이 될 때마다 머물며 바람을 쐬고, 즐거움을 누리고 있다. 그렇게 좋으면 속초에서 살면 되지 않느냐는 질문에는 "아니오."라고 말할 것이다. 서울이나 수도권에 비해서는 생활 인프라나 여러 가지 부족한 부분이 많다는 것도 사실이기 때문이다.

그러나 앞으로는 푸른 바다, 뒤로는 아름다운 설악산을 가지고 있는 속초라는 도시는 서울, 수도권 도시에서는 찾아볼 수 없는 매력이 있는 도시, 즉 찾아가고 싶은 도시이다.

살고 싶은 지역을 만드는 것은 중요하다. 그러나 인식을 조금만 바꾸어 찾아가고 싶은 지역을 만들어 보는 것은 어떨까? 그렇게 사람들이 많이 찾는 지역이 되면 자연스레 일자리도 생기고, 그러면 그 지역에 사는 사람들도 늘어나고, 그렇게 지역이 발전해 나가는 그림을 그리는 것은 너무 낭만적이고 꿈 같은 생각일까?

K-브랜드, 한류의 강 폭을 넓히자

■ ■ ■

멕시코에서 내년 6월 대통령 선거에 출마하기로 한 여당 예비
후보가 '방탄소년단(BTS) 초청'을 공약처럼 내세워 화제가 되었
다는 뉴스 보도가 나왔다. 일본 중년 여성들이 '욘사마'의 촬영
지 남이섬으로 성지순례를 오던 시절만 해도 곧 잠잠해질 계절
풍일 줄 알았다. 하지만 해를 거듭할수록 한국 드라마와 대중음
악의 완성도는 높아지고 팬덤은 넓어져만 갔다.

봉준호 감독이 영화 〈기생충〉으로 칸부터 골든 글로브에 이어
오스카까지 받을 즈음에야 국민들도 이 바람이 토네이도급임을
깨달았다.

서울대에서 언론정보학을 가르치다 최근에는 프랑스 대학에
서 가르치며 유럽을 휩쓰는 한류 현상을 목도한 홍석경 교수는
"대중문화는 이미 선진국을 넘어섰는데, 국민 정서는 아직 개
발 도상국 시절과 크게 다르지 않아 이를 깨닫는 데 시간이 걸렸

다."라고 설명한다. 설마 하는 사이 한류는 거부할 수 없는 대조류가 되어버렸다.

한국경제연구원 〈한류 확산의 경제적 효과 추정〉 보고서에 의하면 2017년부터 2021년까지 5년간 화장품, 음악, 방송 등 한류 밀접 품목의 수출이 급증하면서 한류의 경제적 효과가 생산 유발액 기준 총 37조 원에 달한다는 분석이 나왔다. 한류 열풍으로 한국 문화적 영향력도 2017년 31위에서 2022년 7위로 급등했다. 한국 문화가 전 세계로 확산되면서 음악, 방송 등의 문화 콘텐츠 수출이 확대된 것은 물론 국가 브랜드 제고로 화장품(K-뷰티), 가공식품(K-푸드) 등 한류와 밀접한 소비재 수출 역시 크게 늘었다. 지난 5년간(2017년~2021년) 이들 한류 품목의 연평균 수출 증가율은 13.7%로 동기간 국내 전체 수출액의 연평균 증가율(5.4%)보다 약 2.5배 컸다.

한류 품목의 부문별 수출 증가율은 ▲문화콘텐츠 15.7%(음악 11.9%, 방송 11.8% 등) ▲화장품 16.6% ▲가공식품 7.8% 등이다.

한류 열풍과 함께, 좁은 내수 시장에서 피 터지는 경쟁 상황에 처한 국내 주유소 업계의 사정을 생각하면서, 일찍이 주유소 사업의 해외 진출에 대해 고민하고 있었다.

일본 주유소 방문. 주유소의 세계 진출은 꿈이 아니다.

사실, 시작은 주유소의 해외 진출보다는 수입을 하려는 생각이 먼저였다. 일본에서 주유소협회 격이라고 할 수 있는 일본 전국석유상업조합연합회(이하 전석련)라는 단체와 한국주유소협회는 격년으로 양국을 초청하여 교류를 나누고 있었다.

회장 재임 시기 일본 전석련의 초청으로 방문한 일본에서 주유소 내의 다양한 유외 사업을 진행하는 모습에 국내 주유소에 도입했으면 좋겠다는 생각을 참 많이 하고 왔었던 기억이 있다. 그러나 국내에서는 주유소의 서비스업으로서의 발전을 기대하기가 어려워졌다.

정부의 잘못된 유가 정책은 주유소 간의 서비스 경쟁을 퇴보시키고, 오직 누가 더 싸게 판매하는지 가격으로만 경쟁하는 시장으로 만들어 버렸다.

아마 운전을 오래 해 보신 분들은 과거에 주유소에서 자동 세차는 당연히 기름 넣으면 무료로 받던 시절을 기억하실 것이다. 뿐만 아니라, 생수나 휴지, 물티슈 같은 사은품은 오히려 안 주면 주유소에 화를 낼 정도로 당연한 것으로 여겨지던 시절도 있었다. 지금은 이런 서비스를 제공하는 주유소는 가격 경쟁에 참여하지 않고 소신껏 판매하는, 즉 비싸게 파는 주유소 외에는 없다.

북유럽 순방 당시. 선진국의 주유소는 무엇이 다를까?

일본의 주유소 서비스 운영을 도입하는 것은 그렇게 무산되었고, 치열한 경쟁에서 살아남기 위해 해외로 진출하는 방안을 생각하기에 이르렀다. 마침 베트남 석유협회에서 우리 주유소협회를 방문하여 교류를 나눌 기회가 있었다. 이야기를 나누어 보니 일본에 갔을 대와는 반대로, 오히려 국내 주유소 서비스 수준에 대해 놀랍다는 반응이었다.

주유소 해외 진출 구상을 좀 더 구체화한 것은 대통령 해외 순방에 경제사절단으로 몇 차례 참여하면서부터다. 노르웨이, 핀란드 등 북유럽, 미국 등과 같은 선진국을 경제사절단 내의 기업가들과 다니며 정말 세계는 넓고, 기회는 많다는 것을 새삼 깨닫는 계기가 되었다.

조금 다른 이야기인데, 북유럽 순방 때도 어쩔 수 없는 주유소 사장인지라 북유럽의 주유소들도 눈여겨보게 되었다. 우리나라도 기름값에 붙는 세금, 즉 유류세가 매우 높은 편인데 북유럽 국가는 우리보다 훨씬 높은 수준의 유류세를 부담하고 있었다. 너무 궁금해서 주유소 손님에게 통역을 통해 유류세가 너무 비싼데 부담되지 않는지 물었는데, 이들은 유류세뿐만 아니라 세금에 대한 저항감 자체를 별로 느끼지 못한다고 한다. 내가 낸 세금만큼 결국 사회 보장 제도에 의해 혜택을 받기 때문이라고

베트남 석유협회 교류. 우리 주유소 시스템의 장점을 베트남도 수입하고
싶어한다.

한다. 국가 시스템에 대한 신뢰가 이 정도로 쌓이려면 얼마나 많은 노력과 시간을 투자해야 할 것인가. 부러우면 지는 거라고 하지만, 부러운 만큼 우리도 노력하면 할 수 있지 않을까.

다시 돌아와서, 주유소의 해외 진출에 결정적으로 마음먹게 된 것은 우즈베키스탄 등 중앙아시아 국가 순방 때다. 현지 광산업에 진출해 있는 우리나라 사업가로부터 중앙아시아 등 개발 가능성이 높은 국가에는 어느 업종이든 사업 기회가 많다는 설명을 들었다.

해당 국가도 자국 개발을 위해 투자 유치에 적극적이며, 그만큼 기업이 활동하기 좋은 환경이라는 것이다. 실제, 우즈베키스탄의 경우 아직 도로망이며 자동차 산업 등이 크게 발달하지는 않은 상황이어서 주유소들의 진출 가능성이 크게 보였다.

결과적으로 해외 진출에 대한 도전은 실패했다. 아니, 시도조차 하지 못했다. 먹고 살기에도 너무 바빴다는 것은 핑계고, 사실은 머릿속에 구상만 했지 도전할 용기가 없었다. 혼자서는 도저히 할 수 없었다.

한류는 기획된 전파 현상(Propagation)이 아니고 자발적인 수용 현상(Reception)이라는 사실에 주목할 필요가 있다. 한류가 처음

중앙아시아 순방. 경제사절단으로 함께한 중앙아시아 순방은
주유소의 해외 진출 꿈을 꾸게 했다.

일본 주유소 연수. 우리의 해외 진출만큼 선진 시스템을 배우는 것도 중요한
과제이다.

가시화된 동아시아에서조차 한류가 기획된 문화 전파 현상이라고 해석할 여지가 없다. 국가별로 인기가 있는 한국 드라마와 연예인도 달랐고, 좋아하는 이유도 달랐다. 수출경제 기반으로 경제 개발 5개년 계획을 통해 발전한 한국경제처럼, 한류는 한국 정부가 90년대 말에 시행한 문화산업진흥책의 결과는 결코 아니었다.

주유소뿐만 아니라, 국내 시장에서 과도한 경쟁에 내몰린 수많은 업종 모두에게 해외로 눈을 돌리라는 말을 하고 싶다. 한류의 성공은 경쟁적인 시장의 신호를 충실히 따른 자발적인 것임에 주목할 필요가 있다. 정부는 그저 묵묵히 그러한 시장을 바라보는 것으로 한류의 성공을 도왔다고 할 것이다. 정부가 만약 이들을 돕는다고 보조금을 지급하거나 그 활동을 후원했다면 정부 보조를 받는 활동은 활성화되었겠지만, 지금처럼 수준 높은 작품을 배출하는 한류 문화의 창조성은 오히려 위축되었을 것이다.

정부가 필요 없냐고 하면 그것은 아니다. 나같이 용기 없고, 도전하기 어려워하는 사람들에게 정부의 든든한 지원이 뒷받침해줄 수 있다는 것을 알게 해줄 필요가 있다. 더 많은 이가 도전하고, 해외 어디든 대한민국 K-주유소 1호 점이 오픈하는 날을 기다려 본다.

중소기업대표단 베트남 방문.
세계로 눈을 조금만 돌리면 무궁무진한 사업 기회가 열려있다.

대한민국 주유소 해외 시장 진출 방안

1. 프랜차이즈 형태의 진출: 대한민국 주유소 브랜드를 해외로 확장하기 위해 프랜차이즈 형태로 진출하는 것이 일반적. 주유소 브랜드의 상표권과 운영 노하우를 해외 파트너와 공유하여 협력하면서, 주유소 사업을 성공적으로 전개할 수 있음. 단, 정유사 공동 참여 어려움.

2. 기존 주유소 사업자와의 협력: 기존 해외의 주유소 사업자와 협력하여 진출하는 것도 좋은 방안. 이는 이미 현지 시장에 대한 이해도와 네트워크를 가진 파트너를 통해 진출 비용과 시간을 줄일 수 있음.

3. 현지 특성에 맞는 서비스 개발: 주유소 업계는 현지 시장에 맞춘 서비스를 개발하는 것이 중요. 각 국가의 주유소 시장 특성과 소비자 선호도를 분석하여, 현지 소비자에게 맞춤형 서비스를 제공하는 것이 경쟁력을 확보하는 데 도움.

4. 친환경 에너지 전환: 친환경적인 에너지 전환에 주력하는 것도 해외 진출의 한 방안. 전기차 충전 인프라 구축, 수소 충전소 개발 등에 투자하여 친환경적인 주유소로의 전환을 추구하는 것은 해외 시장에서의 경쟁력을 강화.

5. 브랜드 마케팅 및 홍보: 해외 시장에서는 브랜드 인지도와 이미지가 중요. 주유소 브랜드를 대중에 알리기 위해 홍보 및 마케팅을 철저히 진행. 온라인 및 오프라인 채널을 통해 주유소 브랜드의 가치와 장점을 소비자에게 알리는 활동을 지속적으로 추진.

위의 방안들은 주유소의 해외 진출을 위한 몇 가지 예시일 뿐이며, 실제 진출 시에는 해당 국가의 법률, 경제적 환경, 문화적 특성 등을 고려하여 상황에 맞게 적용한다.

열 번째 길

중소상공인 희망 회복,
현장에 답이 있다

■ ■ ■

매번 선거가 있을 때마다 데자뷔처럼 반복되는 장면이 있다. 시장이나 산업현장을 돌며 유세하는 후보들의 모습이다. 물론 선거 때만은 아니다. 언론에 보도되는 것을 보면 상당히 자주, 생각보다 많이 현장을 찾는다. 언론사 기사 타이틀은 대부분 비슷하다. '누구누구 기관장, 현장의 목소리를 듣다', '현장의 목소리를 정책에 반영한다' 등등. 정작 그런 보도를 접하는 일반인들, 특히, 시장 상인이나 소상공인들은 어떤 생각일까? 대부분이 단지 '보여주기', '쇼'라고 생각한다고 해도 과언이 아닐 테다. 현장에 자주 가지만, 현장의 목소리를 담는다고 하지만, 결과적으로 정책에 담기는 현장의 목소리는 누구의 목소리인 걸까?

이 글이 불편하신 분도 계실 것이다. 분명 현장을 찾아 현장의 목소리를 듣고, 민원 등 문제를 해결하시는 분들도 많다고 알고 있고, 그렇게 믿고 싶다. 그러나, 대다수의 위정자나 기관장들은

김동연 당시 경제부총리 현장 간담회.
한 번 보는 것이 백 번 듣는 것보다 중요하다.

협동조합 대상 수상.
정부를 상대하는 협회보다는 협동조합이 현장에 더욱 가까이 있다.

'진짜 현장'을 찾지 않는다. 만들어진 현장을 방문한다는 뜻이다. 이들의 현장 방문 과정을 살펴보면 답이 나온다.

먼저 실무자들이 관련 단체나 기관에 윗분들의 방문 계획을 알리고, 방문할 만한 장소를 물색한다. 여러 방문 후보지 중에서 윗분들의 일정이나 동선에 맞는 장소를 추려내고, 현장에서 잡음(과도한 불평불만의 목소리)이나 의도하지 않은 발언이 나오지 않을 만한 장소로 결정하고, 현장 참석자도 마찬가지 방식으로 결정한다. 그리고 현장에 방문하여 사전에 협의된 이야기를 대본 읽듯이 이야기하고 떠난다. 이런 과정을 거친 현장 방문에서 현장의 목소리가 온전히 전달되었다고 할 수 있을까?

설령 만들어지지 않은 진짜 현장을 방문했다고 하더라도 정말 '방문'이 목적이거나, 만들어진 목소리만 듣게 되는 경우가 대부분이다.

현실이 이러하다 보니, 방법을 찾은 것은 우리가 직접 현장이 되는 것이었다. 현재 이사장으로 운영하고 있는 한국주유소운영업협동조합은 주유소 사업자의 상생을 목적으로 현장의 목소리를 담아 만들어졌다. 소상공인들은 협동조합을 통해 자원을 공유하고 경제 규모를 확장할 수 있다.

앞서 상생을 이야기하는 부분에서도 밝혔지만 주유소협회장 재임 시에 주유소 사업자들은 정유사 갑질에 대한 목소리를 끊임없이 전달했지만, 사적 당사자 간 계약 관계 등에 관여할 수 없다는 이유로 방치했다. 결국, 정유사 갑질을 피해 제품 공급처를 다변화하고 정부 기금을 지원받아, 정유사보다 더 저렴한 제품을 정유사 눈치 보지 않고 구매할 수 있는 환경을 영세 주유소에 제공하고자 협동조합을 결성하여, 현재는 많은 주유소가 참여하여 아주 성공적으로 운영 중이다.

현장 중심의 협동조합은 정부가 협동조합을 지원하는 정책을 마련하고, 협동조합 간의 네트워킹을 촉진하는 플랫폼을 구축하여 소상공인들의 상호 협력과 경제 규모의 확대를 통해 일자리를 창출할 수 있도록 돕는 것이 중요하다. 또한, 상권의 협력과 연계를 강화하여 소상공인들이 경제 생태계의 일부로서 지속적인 성장과 발전을 이룰 수 있도록 해야 한다.

현장에 직접 오지 않더라도 사실, 현장의 목소리를 직접 전달하는 것도 방법이다. 물론 엄청난 노력이 수반되어야 한다.

어떤 업계든 반드시 이루고자 하는 숙원사업이 있을 것이다. 주유소 업계는 카드가맹점 수수료 문제가 가장 중요한 숙원사업

신용카드 가맹점 수수료율 인하 촉구 기자회견 및 결의대회.
주유소의 카드가맹점 수수료 부담액은 주유소 영업이익과 비슷한 수준이다.

체크카드 가맹점 수수료율 인하 홍보 현수막.
비록 체크카드이지만 많은 주유소가 혜택을 보았다.
0.2%는 결코 적지 않은 숫자이다.

카드 수수료 관련 토론회. 카드사를 상대로 토론회도
수차례 개최하고 정부 상대로 부당이득 반환 소송 등 모든
방법을 동원했지만, 주유소 카드 수수료율은 여전히 제자리다.

이었다. 대부분의 소상공인이 카드 수수료 문제가 숙원사업인 것은 마찬가지일 것이지만, 주유소는 특수한 케이스라 상황이 약간 다르다.

대부분 업종이 카드 수수료를 책정하는 데 매출액 기준을 적용하는데, 주유소는 매출액의 절반이 세금이다. 1.5%의 명목상 낮은 수수료율이 책정되어 있지만, 세금으로 인해 실제 납부하는 수수료율은 3%가 넘는다. 여러 차례 소상공인을 위한 수수료율 인하가 단행되었지만, 주유소의 목소리는 한 번도 반영되지 않았고, 수십 년이 넘도록 여전히 1.5%의 수수료율을 적용받고 있다. 여러 차례 대규모 시위도 벌이고, 정책 토론회도 개최하고, 여·야를 막론하고 국회의원실을 발바닥에 땀이 나도록 다닌 끝에 체크카드 가맹점 수수료율을 0.2% 인하하는 성과가 있었다. 그렇게, 직접 위정자에 귀에 현장의 목소리를, 힘들지만, 전달할 수 있었다.

하지만, 여러 가지 방법을 동원해도 현장의 목소리가 전달되지 않을 때도 있다. 문재인 정부 출범 초기에 새 정부 정책 공약으로 5년간 공공부문 일자리 81만 개 신설을 약속했다. 당시 중소기업중앙회도 일자리위원회를 출범하여 정부 공약 실천에 힘을 보태기로 했고, 위원회에 위원으로 참여하여 주유소 업계에서 일자리를 창출할 수 있는 방안을 만들어 정부에 제출했다.

공무원을 비롯한 공공부문 일자리 창출의 경우 정부 예산이 다수 소요됨에 따라 야당 등과 협의가 원만히 이루어지지 않을 경우 정책 추진이 어려울 것으로 예상이 되었고, 따라서 공공부문 중 안전, 환경, 보건 등 국민의 생명과 같은 중요 부분에 직접적인 연관이 없거나, 관련성이 미약한 부문에 대해 민간 위탁을 확대함으로써 별도 예산 소요 없이 일자리 창출이 가능하다는 내용으로 주유소 업계에서 약 1,000여 개의 일자리를 만들 수 있다는 계획이었다.

그러나 상당히 의욕적으로 준비한 계획은 철저히 외면당했다. 결국 현장의 목소리를 외면한 정부의 일자리 정책은 예산만 대규모로 투입되고 큰 효과를 보지 못하는 결과를 가져왔다.

진짜 현장을 찾아 진짜 현장의 목소리를 들었다 해도, 이것을 어떻게 정책으로 구현하는가는 또 다른 문제이다. 앞서 짧게 언급했지만, 중소기업중앙회 김기문 회장은 현장의 목소리가 정책에 반영되기 위해 필요한 것이 무엇인지 몸소 보여준 인물이다.

김 회장이 중기중앙회에서 가장 성공한 회장으로 평가받는 비결은 과연 무엇일까. 두 가지로 요약할 수 있다. 중앙회의 위상을 높이고 외형을 키웠기 때문이다. 우선 유력 경제단체보다 한

단계 낮게 평가됐던 중기중앙회의 위상을 높였다. 중기중앙회장으로서 노무현, 이명박, 박근혜, 문재인, 윤석열 대통령까지 보수 진보를 떠나 5명의 대통령과 나름 친분과 신뢰를 쌓으며 중앙회를 성장시켰다. 기업인 출신 MB가 자신의 회고록에서 김 회장을 거론하며 "중소기업의 경영혁신과 일자리 창출에 큰 역할을 했다."고 칭찬할 정도였다.

윤석열 정부와도 가깝다. 올 초에 열린 대한상공회의소와 함께 주최한 경제단체 신년 인사회에는 윤 대통령을 비롯해 이재용 삼성 회장, SK 최태원 회장, 정의선 현대차 회장, 구광모 LG 회장 등이 참석했다. 김 회장이 윤 대통령 옆에서 케이크를 자르는 사진은 경제계에서 차지하는 위치를 보여준다. 그는 또 가시적인 성과를 냈다. 2007년 노란우산공제를 출범해 소기업과 소상공인의 생활 안정과 사업 재기를 위한 발판을 마련했으며 2012년엔 중소기업 제품의 판로 확대와 소비자 권익 실현을 위해 홈앤쇼핑을 만들었다.

김 회장은 또 납품단가 연동제 법제화와 가업 승계 개편 등 제도적인 개선도 이끌어냈다. 협동조합에 중소기업자 지위를 부여해 정부의 각종 중소기업 지원 시책 대상이 되도록 하는 등 중소기업협동조합 성장 기반도 마련했다.

특히 그는 활발한 대외활동으로 정치권의 러브 콜을 받았지만 선을 그었다. 부총리급 예우를 받는 중기중앙회장은 정치권으로 가는 지름길이었기에 실제로 역대 회장 7명이 정치인으로 변신했으며 이 중 4명은 퇴임 후 국회의원이 됐다. 그는 한때 충북지사 출마설도 나돌았지만 단호하게 부인했다. 김 회장은 대통령과 장관이 주재하는 회의는 물론 대기업을 향해서도 중소기업의 권익향상을 위해 당당하게 할 말은 하는 스타일이다. 뚝심 있는 리더십으로 '중소기업 대통령'으로 존재감을 보이고 있다.

인터넷 검색창에 우문현답의 뜻을 검색하니, 원래의 사전적 의미인 어리석은 질문(質問)을 했는데도 답하는 자가 현명(賢明)하게 대답(對答)했다는 의미와 함께, '우'리의 '문'제는 '현'장에 '답'이 있다는 의미로 재치 있게 풀어낸 문구도 검색된다. 그만큼 현장의 중요성을 강조하는 의미로 많이 쓰인다는 것일 것이고, 그만큼 현장을 중시해야 한다는 뜻을 가진 사람도 많다는 의미일 것이다.

소위 '짝퉁'이 판을 치는 세상이지만, 현장의 목소리가 담기는 현장만큼은 짝퉁이 아닌 '진퉁'이기를 소망한다. 소상공인, 중소기업의 희망의 답은, 진짜 현장에 있다.

朝鮮日報

2022-11-01 (화) A29면

발언대

中企의 추가 연장 근로 상시적으로 허용해야

김 문 식
최저임금위원회 사용자위원

2018년 '저녁 있는 삶'을 명분으로 주 52시간 근무제가 도입된 이후, 과연 단축된 근로시간만큼 근로자들의 삶의 질은 높아졌을까. 필자는 이를 뒷받침할 통계나 조사 결과를 찾지 못했다. 특히 저소득 근로자의 경우 근로시간 단축으로 임금이 감소하면서 '돈 없는 저녁'이 되었고, 일부는 '투잡'에 내몰리기도 했다. 영세 중소기업인들은 한목소리로 주 52시간제 도입으로 회사가 버티기 힘들다고 토로하고 있다. 납품 중소기업의 경우 근로시간이 단축되면 납기일을 제때 맞추지 못해 손해가 발생하고, 납기일을 맞추려 고용을 늘리면 노동 비용이 증가하게 된다. 노동 비용이 늘면 일자리가 감소된다.

그렇다고 주 52시간제가 무조건 나쁜 제도는 아니다. 좋은 취지에도 불구하고, 너무 일률적으로 적용한 데 문제가 있다. 산업별 특성이나 근로 형태를 고려하지 않고 모든 근로 형태가 동일하다는 가정하에 시행했기 때문이다. 전통 제조업같이 노동집약적 산업이 있는 반면, 금융업 같은 전문직이 필요한 산업도 있고, 조선업같이 주문이 들어오면 노동력을 집중 투입하는 산업도 있다. 주 52시간제는 이런 특성을 무시해 근로자·사용자 모두에게 환영받지 못하는 제도가 되었다.

직원 30인 미만 중소기업에 한해 노사가 합의한 경우 주 52시간에 더해 1주일 8시간 연장 근무를 허용하는 '8시간 추가연장 근로제'가 올해 말 폐지될 예정이었으나, 최근 2년 더 연장됐다. 중기중앙회 조사에 따르면 중소기업의 91%가 이에 의존하고 있고, 75.5%는 이 제도가 없어지면 대책이 없는 상황이라고 응답했다. 중소기업 근로자들도 불안하기는 마찬가지다. 영세 중소기업의 인력난을 줄여주기 위해 주 8시간 추가연장근로제를 항구화해야 한다.

조선일보 기고문. 현장의 목소리를 정확히 전달하기 위해서는
언론의 역할도 매우 중요하다.

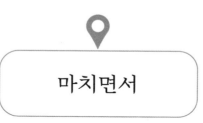

마치면서

없는 글재주로 글을 써 보니 다시 보기가 참으로 민망스럽고, 그래도 다시 보니 참 글재주가 없다는 것을 새삼 깨닫는다. 재차 이야기하지만, 정말 평범한 주유소 사장이 우리 사회 문제에 대한 글을 쓴다는 것이 주제넘은 것 아닌가 하는 두려움이 밀려온다.

지금까지 살아오며, 사업을 진행하며, 보고, 듣고, 느낀 우리 사회는 나 같은 사람이라도 나서지 않으면 안 될 정도로, 우리 사회가 병들어 가고 있다. 여러 가지 드러난 사회의 문제들은 그러나, 또 다른 사회 문제인 갈등의 심화로 해결의 기미조차 보이지 않는다.

나와 다른 생각, 다른 신념을 가진 사람들을 이해한다는 것은 성인군자라 해도 어려운 일이다. 내 딸아이들만 해도 요즘 세대를 일컫는 소위 MZ세대인지라 어떤 때는 대화조차 통하지 않을 때가 많다. 딸아이들의 생각, 행동, 말하는 것 하나하나가 도무지 이해할 수 없는 것들이 가득했고, 어느 순간 이해하기를 포기했다.

그렇다고 우리 집이 세대 갈등이 폭발하여 콩가루 같은 집이 되었는가 하면 결코 그렇지 않다. 아니, 매우 화목하다. 그들을 이해하려 하기보다는 그들이 나와 다름을 인정했고, "너는 왜 그러냐?"가 아닌 "네 생각은 그렇구나."라고 차이를 인정하니 오히려 대화가 부드러워진다.

우리 사회 안의 갈등도 다르지 않다고 생각한다. 니 편 내 편 갈라서 싸우는 것은 멀게는 조선 시대 당파싸움부터 가깝게는 여야 정치권 대립까지 어느 시대에나 있어 왔던 자연스러운 현상일 것이다. 그러나 작금의 상황은 선을 넘어섰다. 정도가 지나치다. 내 편이 아니면 적이 됐고, 상대편을 악마화하길 주저하지 않는다. 상대에 대한 이해는 고사하고, 차이는 차별로 돌아온다.

국민의 갈등을 조정하고, 합의를 만들어 가는 주체인 정치권은 오히려 이를 부추기고 있는 상황이다.

고백하자면, 직접 그 안에 뛰어들어 이 같은 상황을 바꾸고 무언가 변화를 시도해 볼 기회도 있었다. 지난 20대 국회의원 선거에서 새누리당 김무성 대표로부터 비례대표 공천과 관련한 논의가 있기도 했다. 하지만, 평범한 일반인이 갑자기 나라를 위한 큰일을 한다는 것은 주제넘다고 생각했고, 그럴 용기와 배짱도 그 당시에는 가지지 못했었더랬다.

내게는 두 명의 절친한 친구가 있었고, 모두 암으로 나보다 먼저 세상을 떠났다. 한 명은 내 나이 또래라면 누구나 알 법한 유명 인사로 프로레슬링 선수였던 이왕표다. 남들 보기에는 화려한 삶을 살았던 그 친구는 누구보다 어렵게, 그렇지만 당당하게 세상과 맞서 싸우며 살아왔고, 왜소한 나와는 다르게 건장하고 그런 당당한 모습이 친구지만 동경하게 되는 그런 친구였다.

그래서 암이라는 병과도 싸워서 이겨낼 줄 알았다. 내 손을 잡고 더 살고 싶다고 말하던 그 친구에게 해줄 수 있는 게 없다는 것이 가슴에 사무치게 슬펐더랬다. 해줄 수 있는 건 고작 더 좋

이왕표와 함께.
너무 그리운 친우는 그의 인생처럼 암과 싸우다 귀천했다.

은 병원, 더 좋은 병실로 옮겨서 마지막을 준비할 수 있도록 도와주는 것뿐이었다.

다른 한 명의 친구는 그야말로 나와 죽마고우로, 평범한 일반 소시민이다. 함께 좋아하는 취미를 자주 공유하면서 오랜 시간 마음을 나누어 왔던 정이 깊은 친구였다. 이왕표와는 다르게 그 친구는 암이라는 것을 알게 되고, 세상을 떠날 때까지 내게 모습을 보이지 않았다. 아마도 아름다운 추억만 내게 주고 가려고 했던 것이리라.

갑자기 이들 친구가 생각난 것은 어쩌면 이들이 살고 싶어 했던 세상을 아주 미약하나마 더 살기 좋은 세상으로 만들어 먼저 귀천한 친구들에게 보여주고 싶었던 마음이었기 때문인지도 모르겠다.

소상공인, 영세 사업자, 중소기업인 모두가 모든 국민과 함께 어울려 살아가는 대한민국은, 그려보는 것만으로도 기분이 좋아지고 희망을 줄 수 있는 것 같은 힘을 가지고 있다.

더 좋은 대한민국을 만드는 그림을 그리는데 나의 글이 한 줌이라도 도움이 되기를 바라면서 글을 마친다. 소상공인 중소기업이 건재하는 한 대한민국의 미래는 충분히 함께 어울려 만들어 나갈 수 있다고 믿는다.

부록

글쓴이의 발자취

1

특별한 인연들

윤석열 대통령과의 인연

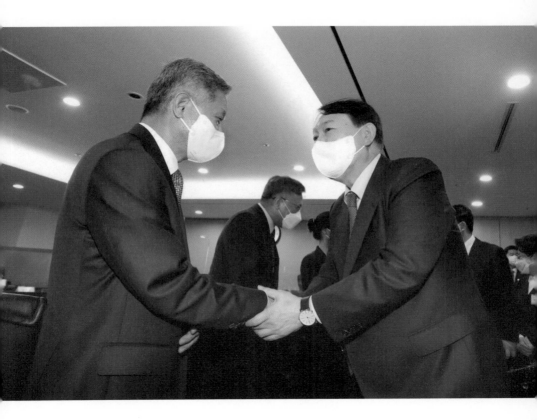

각 정당 인사들과의 인연

이재명 민주당 당대표와 함께

이낙연 전 총리와 함께

홍준표 대구광역시장과 함께

김동연 경기도지사와 함께

그 밖의 소중한 인연들

김무성 전 새누리당 당대표와 함께

박영선 전 중소벤처기업부 장관과 함께

김영환 충청북도 도지사와 함께

故 박원순 전 서울시 시장과 함께

손학규 전 국민의당 대표와 함께

정운찬 전 총리와 함께

박근혜 전 대통령과 함께

박세리 전 프로골프 선수와 함께

2

특별한 경험들

광주 국립5.18 민주묘지 참배

뉴욕 세계중소기업연합컨퍼런스 참석

소상공인연합회 창립 발기인대회

중앙아시아 경제순방 중 카자흐스탄 진출 국내기업 방문

중소기업과 노동자 상생을 위한 한국노총 방문

투명한 석유거래시장 조성을 위한 석유 전자상거래 시장 개설 참여

중소기업 활성화를 위한 중소기업연구소 개소식 참여

중소기업인의 희망우산 노란우산공제 고객권익보호위원 위촉

김보라 안성시장 당선

중소기업사랑나눔재단 후원금 전달
(왼쪽부터) 김문식 한국주유소운영영업협동조합 이사장/ 김기문 중앙회장

마주하며 길을 찾아온
40년의 기억들

1판 1쇄 발행 2023년 8월 23일

편저 김문식

교정 신선미 **편집** 문서아 **마케팅·지원** 김혜지

펴낸곳 (주)하움출판사 **펴낸이** 문현광

이메일 haum1000@naver.com **홈페이지** haum.kr
블로그 blog.naver.com/haum1000 **인스타그램** @haum1007

ISBN 979-11-6440-414-8 (03810)